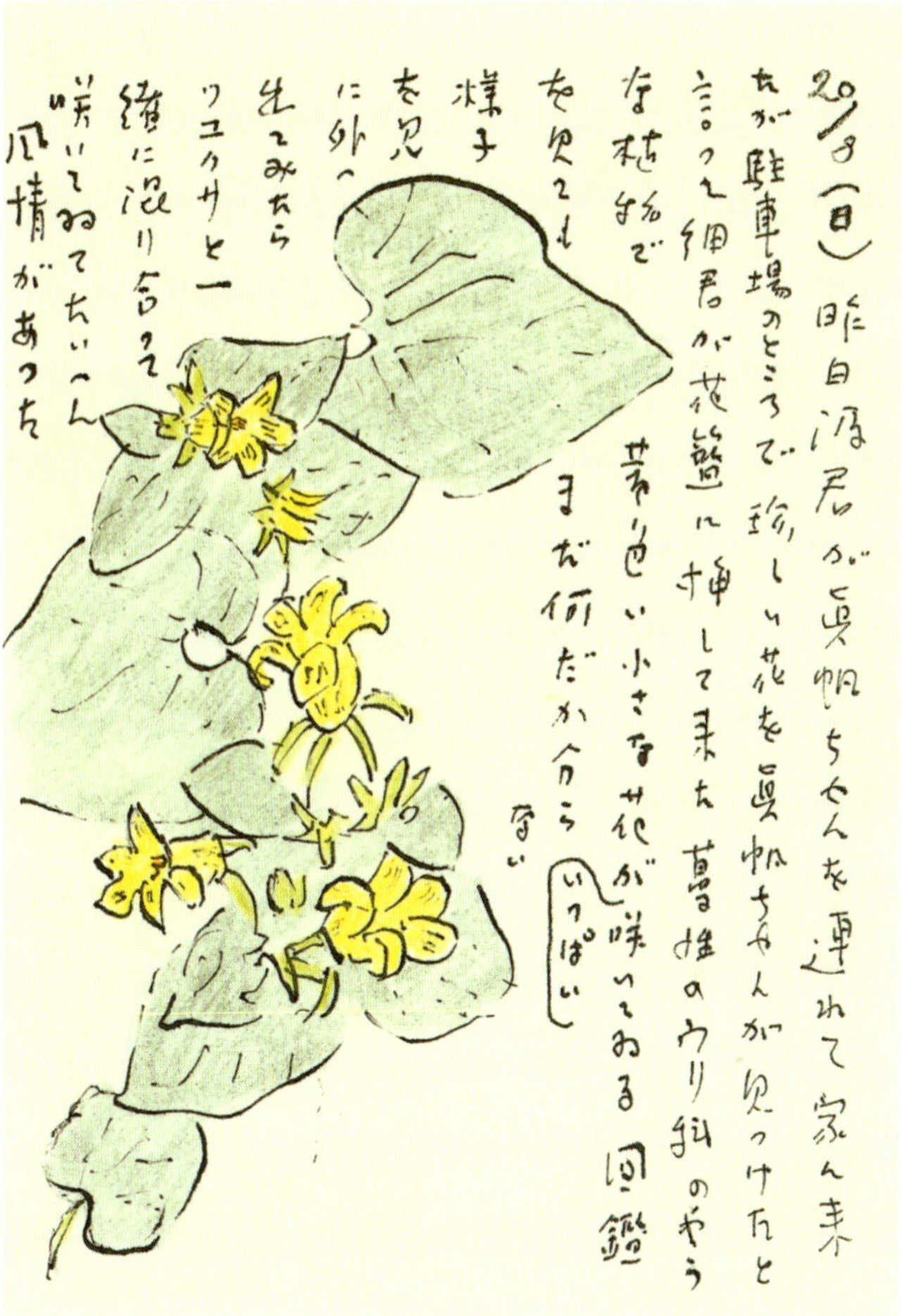

1978年８月20日付「珍しい花」（本文27頁）

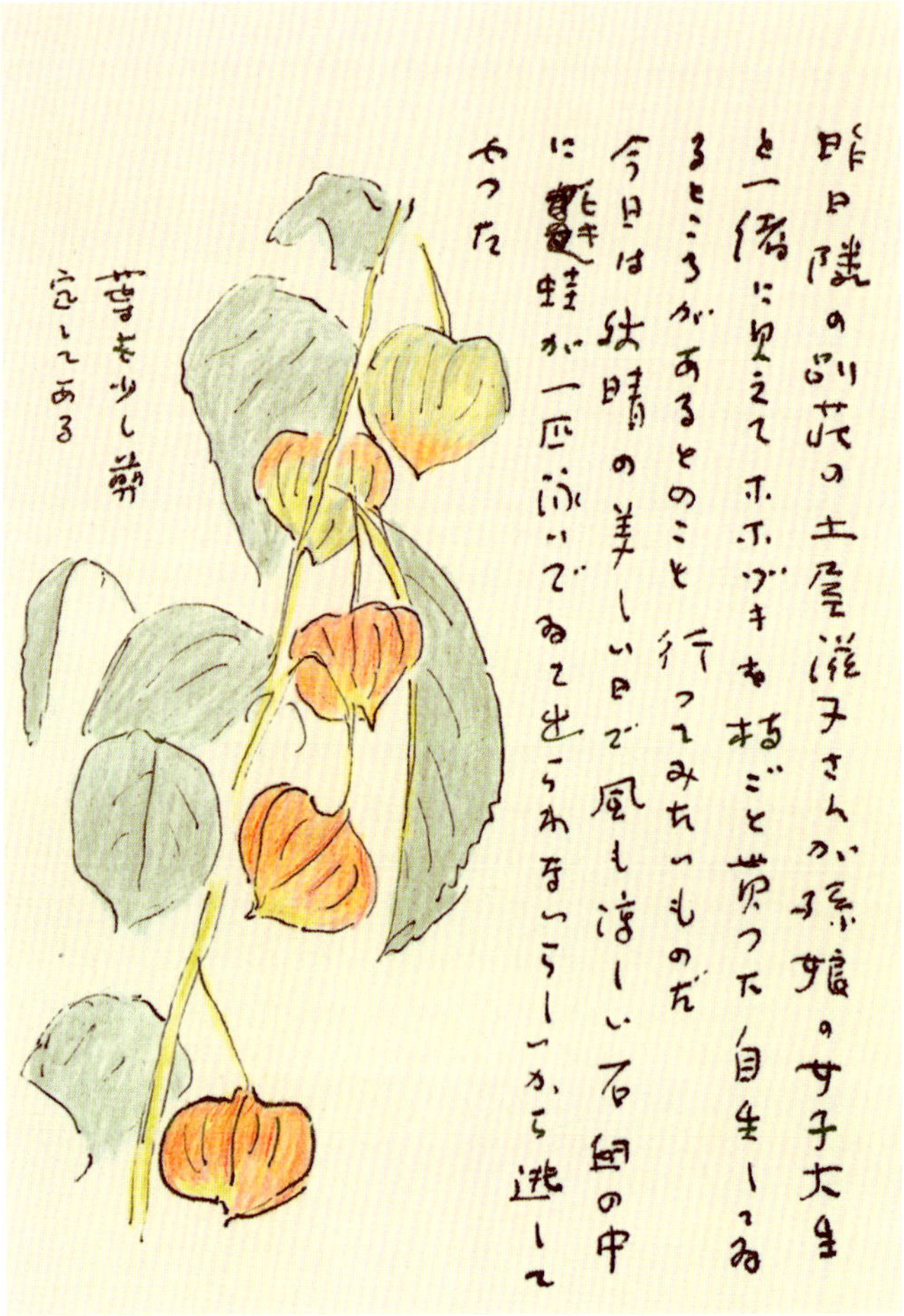

1978年９月２日付「ホホヅキ」（本文40頁）

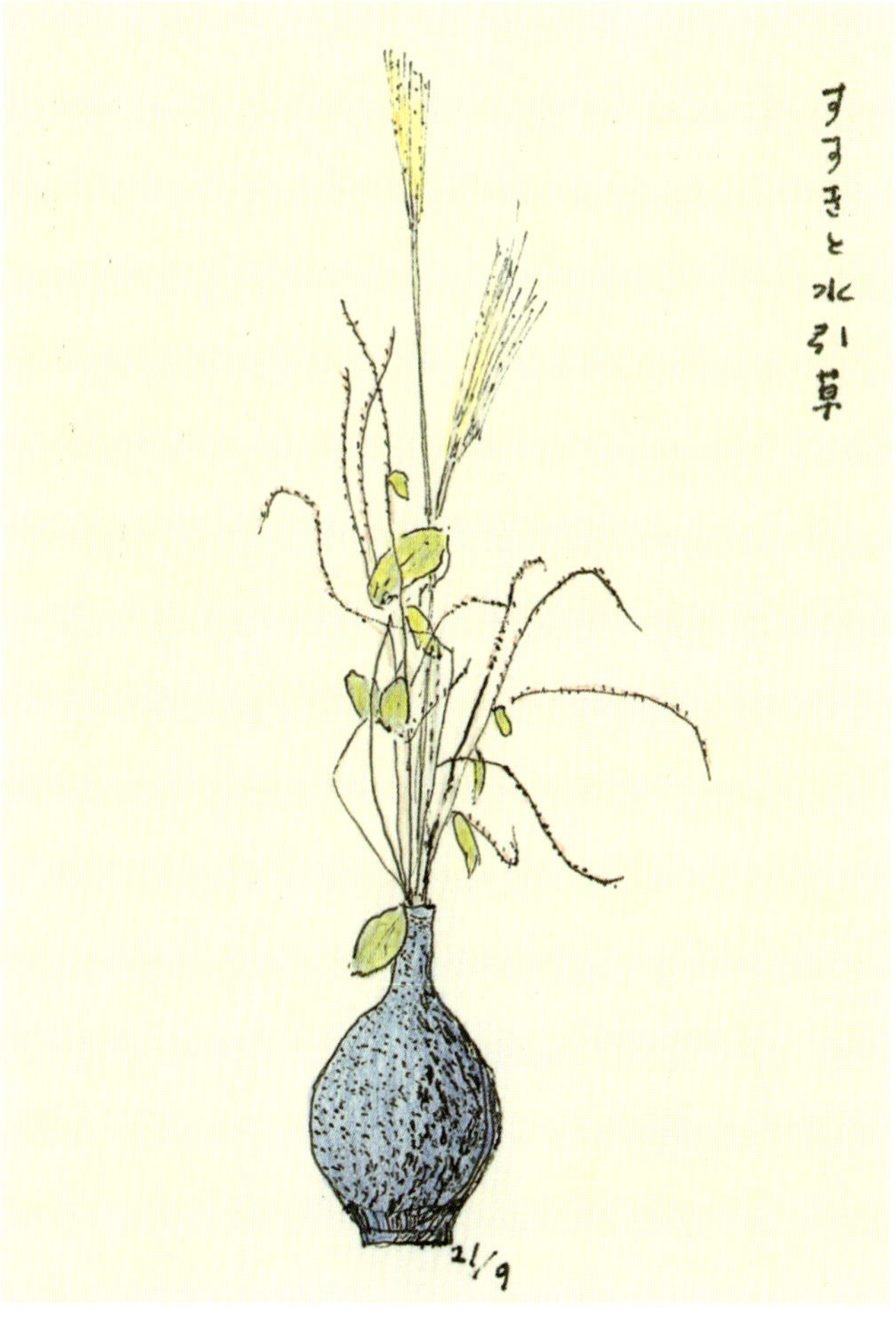

1978年９月21日付「すすきと水引草」（本文69頁）

1978年10月４日付「あけび」（本文76頁）

病中日録

福永武彦

鼎書房

目次

凡例

一、本書は、福永武彦未発表資料である『病中日録』のペン書きの日録部分を翻刻し、オリジナルのスケッチを、四葉のみカラーで口絵として掲げた他は、単色刷りで原本該当箇所に挟み込んで構成したものである。原本の概要については九〇ページの跋に記した。

一、日付については『玩艸亭百花譜』と同様、『病中日録』も「日/月」と記されているが、一般的に読み易いよう「月/日」の表記とした。また、改行も原文どおりではなく追い込みとした。

一、表記について。原文は旧字体、歴史的仮名遣いであるが、漢字は新字体に改め、仮名遣いは原文のままとした。

一、原文には句読点がないが、読みの便宜のために文の終わりを一文字あけとした。

一、原文では「二」の九月五日の記事までは段落の継ぎ目に印がないが、九月八日の記事からは段落の頭に〇が付されるようになった。これは、翻刻においては印なしで統一した。

一、本文は、「一」を濱崎昌弘が、「二」を鈴木和子が、「三」を星野久美子が翻刻初稿を作り、三名で読み合わせた上、修正を行なった。

一、注は、実際に登場する人名と、他の福永作品で言及のあるものを中心に附した。事実誤認等にお気づきの方は、編者までご連絡を願いたい。

（星野久美子：〒二七一－〇〇七五 松戸市胡録台三六三－七－三〇四）

信濃追分

病中日録

一九七八年七月・八月

於信濃追分

玩艸亭

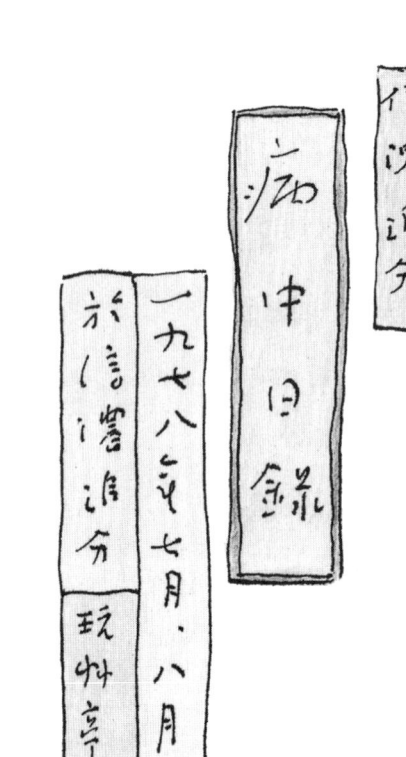

信濃追分

病中日録

一九七八年七月、八月

於信濃追分　玩艸亭(1)

テントウムシ
ホタル

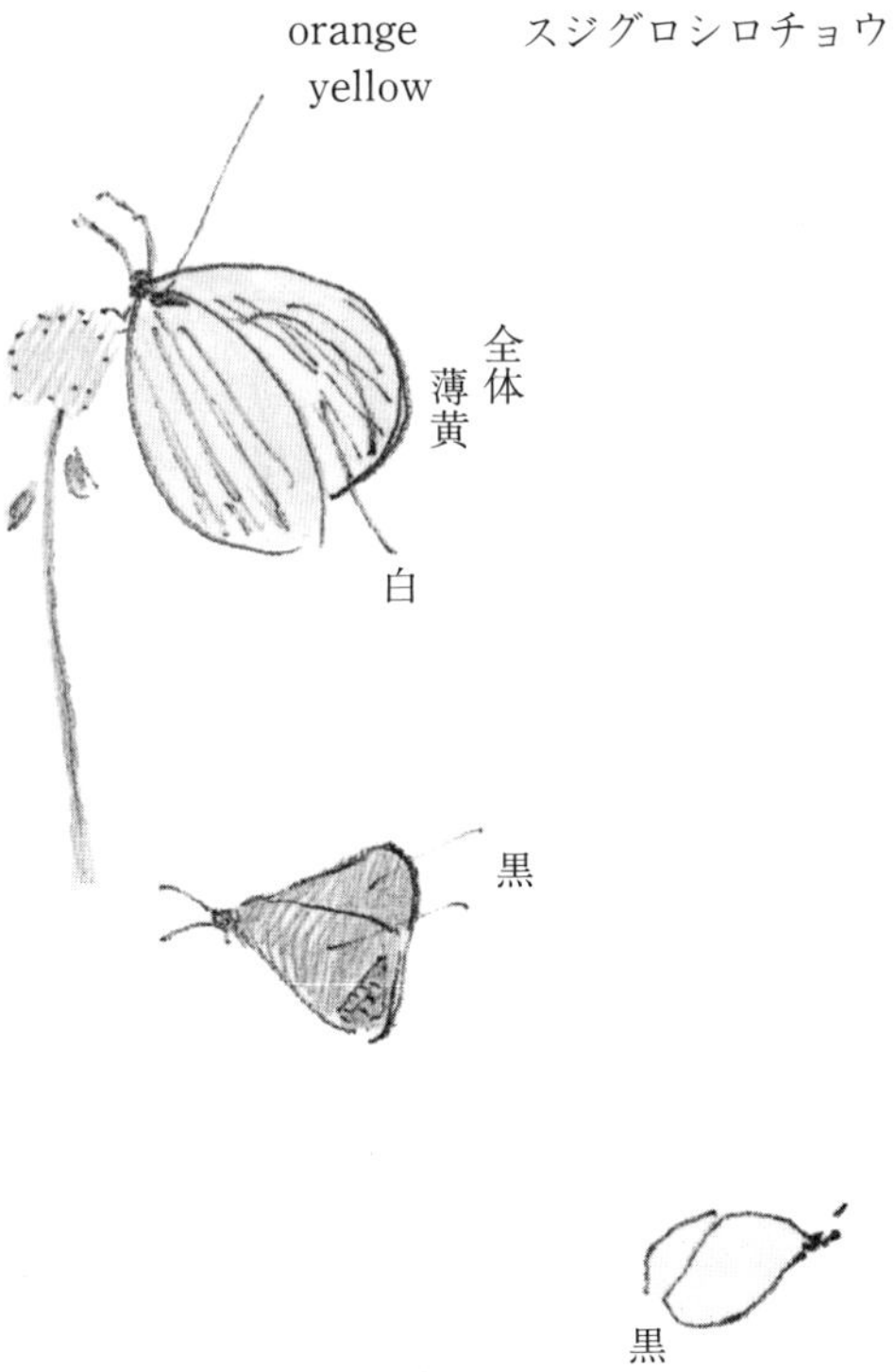
orange
yellow
スジグロシロチョウ
全体薄黄
白
黒
黒

7／17　昨日から今日にかけて細君が泊まりがけで上京した
今朝は軽井沢十三度といふので頗る涼しい
毎日[2]山崎建材より花ちやんの息子二人が仕事に来て裏の土手を奇麗にしてゐる
携帯用の椅子を持ち運んでそれを見物したり[3]じやコウ草の花を慕って来る蝶や蜂などを
眺めてゐる　昔は蝶を追ひ掛けて採集したりしたものだが今ではまつたくその元気はない

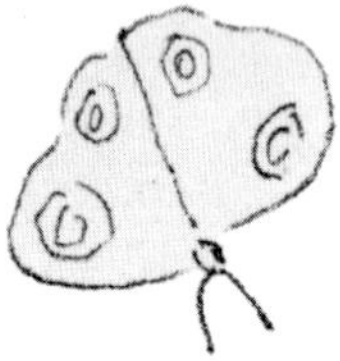

7／19(4)　ポストとたちあふい
これは亀田やの入口のベンチに腰掛けてちよつと写してみたもの　通りの向う側に携帯用椅子を据ゑて水彩でポストを正面からスケッチするつもりでゐながら人目をはばかるのと気力がないのとでせいぜいこの程度

7／19　うすくもり　昼寝のあと石臼を掘り出してセメントで修理するのを見物する
我が家の庭のキユウリの写生をする　ひぐらし初めて鳴く
ポツポツ降り出したので慌てて退散
山崎君たちのお八つが済む頃雨あがり日が射しアカハラが啼き始める　涼気至る　ヒグラシもよく鳴く

7／20　昨日の晩　蛍を堰へ逃したら今朝玄関のところに生まれたばかりの蟬がゐてその側に抜殻まであつた　たたきの水を流す穴から入つて来たものか

7《マ》／21《マ》（金）頃より薮萱草咲きはじめ

7／23（日）に桔梗はじめて咲く

7／20　亀田屋に新聞を取りに行き途中で道草を食つて土屋(5)さんの薮の中から白粉花を採つて川つぷちを歩いてゐるとすぐ眼の前のモミの枝にアゲハがとまつて少しも動かず濡れ

たやうな羽の色を緑金に輝かせてゐる　暫く見とれてから家に帰つてから一大決心をして網を持つて出直したがヒヨイと飛んで消えてしまつた（ミヤマカラスアゲハならん）

7／22　朝　セミを籠に入れておいたがちつとも鳴かないので逃してやることにし白樺の木の幹へしがみつかせた　その側に小さな抜殻があるのを見つけまた根本にもう一つあった　それにしてはさつぱり蟬の声を聞かない

ヒグラシにしては大きい　鳴けば分かると思ふから愉しみにしてゐたが　クマゼミか図鑑を調べること　図は7／20にあり

7／24　この数日は室内三十度もある暑さ　今日久しぶりに午後夕立あり　しかし沛然とまではいかぬ

　具合が悪くてスケツチ帖もお休みにしてゐたが今日下血　前に較べて大したことはないと思ふが絶対安静絶食　但し漢方の他は処置なしだから夜葛湯小量を試みた　仕事は全てお休み　いつもの時ほど腹の立つこともないから今回は軽さうだと思ふが小布施に入る前

はやはりこの部屋で寝てゐて腹ばかり立ててゐた

7／25（水）朝　うぐいす赤腹きじばと三光鳥　　夕立後カツコウ黒つぐみ鳴く

腹を立てないと書いたばかりのところで朝飯のときに肝癪を起した　細君を怒鳴りつけたら　逆に細君に怒鳴られた　しよつちゆう出血するのはみんな自分が悪いのよと言つたまさにその通り　他人のせゐにする気はない

食事（玄米おもゆと豆腐のみそ汁）のあとでシロ[6]を部屋に持つて来て便をしたら立派な黒便で二人ともがつかり

昼からごろごろいつてゐたが夕刻になつてざつと降り出した　午後西沢君[7]がカメラマンを連れて立ち寄つた（本陣[8]の新しいパンフレットのため）会はない　本陣のことも腹の立つことの一つだがあまり考へないことにする

夕立のあと細君がまだ濡れてゐる穂ツツジを数本切つて銅の花瓶に入れて来る　今日初めて咲いたとのこと

7／26（木）今日は遠雷のみ　終日暑し
大木君(9)ひる来る
上原君(10)夜来る　泊る
普通の玄米飯を一膳ごま塩と梅干しだけでゆつくり小一時間かけて食べるといふ沼田博士(11)の療法といふのを今日の昼晩と試みる　うまく行けばよいが

―

7／31（月）炎暑の日が続いてゐる
午後になつても遠雷の聞える日さへも珍しく夕立の気配もない　今日細君が白磁の壷に桔梗一輪を芒と秋のキリン草と共に活けて持つて来てくれる　桔梗の紫色が水々しい　スケツチブックの方もこれでこの夏の草花の記録をつくることは難しくなつた　胃出血はこれで実に十度目だが七回目と今度の十

度目は入院せずに済みさうだ　調子は今のところ悪くないからこのまま大過なく行けばよいが　今日は中公文庫の中の詩人全集の一冊を分解して四人集から二冊杢太郎と西脇順三郎とを別々に製本した　ノリとハサミと千代紙とを使い仰向に寝たままで細工した

ポータブルのステレオカセツトを寝てゐるすぐ側に置いてFMとカセツトとを聞いてゐる　カセツトを少ししか東京から持つて来なかつた（レコードを聞くつもりだつた）ので同じものを繰返し聞く　特にモーツアルトの喜遊曲とセレナードの類

ここまで書いたところで便通あり床のそばでシロを使ふ　黒より褐色に近づいて来た

モーツアルトを繰返し聞いたあとマーラーのカセツト全集を持つて来てゐたことを思ひ出しそれを端から聞くことにした

8／2（水）午前中に便器を使つたがからぶりだつたのでテラスの揺椅子に座つて暫く休んだ　石佛のうしろに桧扇が一本あつて見事に六弁花を咲かせてゐた　石臼の修理がうまく行つたらしくて水が漏らなくなり青い水を湛へてゐる　それにしても暑くて頭がくらくらしたからすぐに寝床に引き上げた　今日が今迄で一番暑いやうな気がする

午後改めて便あり　出血は止まつたやうに見える

8／3（木）昨日は日本中が最高に暑かつたらしい

今日は颱風八号が日本海沿岸に来るといふので長野県下は大雨強風注意報が出たが結局風も吹かず雨も降らなかつた　昨日も今日も夕暮となると頭痛がする

本は殆ど読まずラジオでFMまたはカセツトを聞いてゐる　物を読むことを細君が厭がつて今週は月曜以来郵便物を何一つ運んでくれない　物を読んだり書いたりすることが発病の原因だと信じてゐるやうだ　まさかそれほどのことはあるまい　細君が庭に咲いてゐたツリガネニンジンをツリバナと一緒に瓶に挿して枕許に持つて来てくれた　ツリバナの青い実が涼しい

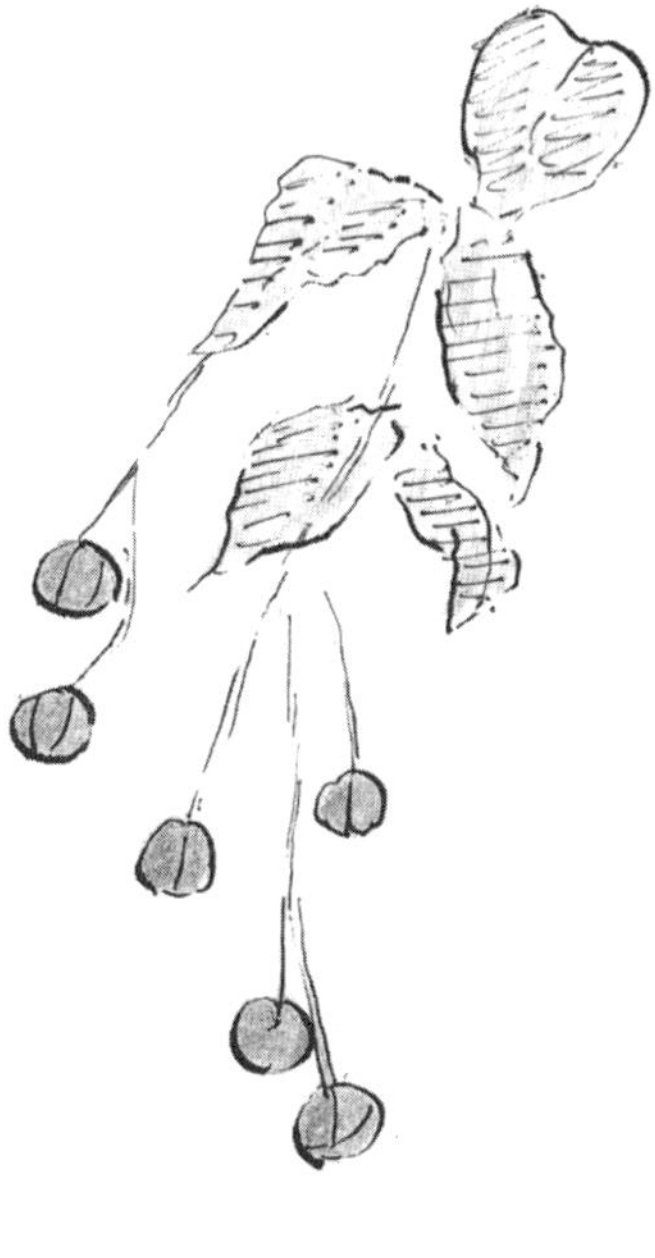

8／4（金）細君が毎朝僕の口を開けさせて舌[12]の検査をするが今朝は前よりも白いと言ふ
そこで今日は絶食と相成つた　漢方薬と強化食品（と称する葉緑素シジミの粉の類）とハスの搾り汁とそれに水と民間茶とを代る代る飲むだけ　何となく悪くなつたやうな気がしてゐると便の色まで元に戻つて黝ずんでゐるやうでがつかりする

戸倉の西沢君が上田市内に懇意の内科医がゐて往診もしてくれるとの話なのでちよつと打診がてら細君にそのお医者さんに会つて当方の事情を予め話すことにした　何しろ難しい病人だから折角処法《ママ》してもそれは呑みませんでは向うも困るだらう　細君がせつせと病歴を書き綴つて持参する予定　ちよつとやそつとでは説明できない程の病歴だから

そこで午後三時半頃源[13]君が車で行つてくれるといふので乗せてもらつて出掛けた　西沢君も上田で待つてゐて四人で晩めしを食ひながら細君が病状を説明することになつてゐる

亭主は空腹を抱へてマーラーの二番なんぞを聞きながら横向きになつてこれを書いてゐる

万年筆でなら仰向けでも平気なのだが何となくペンを使ふことにしたので余分の苦労が要る　やたらにぽたぽた垂れて困る

19　病中日録

昨日堀[14]夫人が見舞に見えてフシグロセンノウを鉢植にしたのを頂戴した　これは嬉しい
かういふのが病人にとって最上の愉しみだ
しかしお中元と称して丸善の商品券をくれたのは感心しない　昔はもつと親密だつたのによそよそしい人になつた　まだ見舞客に会へる程ではないから厭みも言へなかつた

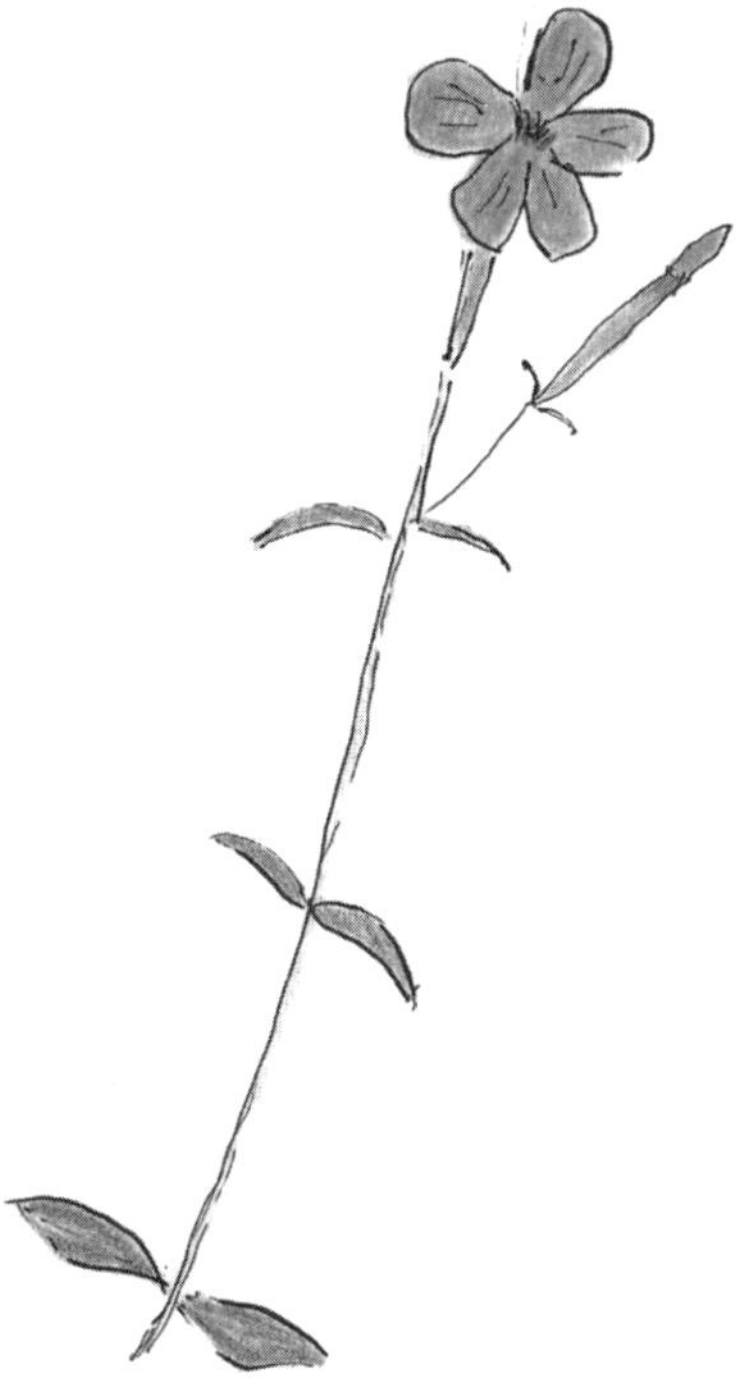

8／6（日）毎日晴れた暑い日が続き洗濯をしたり風呂の水を張つたりしたせゐか今日は井戸がをかしくなつて水がでなくなつた
　調子が少し良くなつてまた数日前から東京から内野(15)さんに加勢に来てもらつてゐるから細君も安心して出掛けられる　今日は旧道の教会に日曜礼拝に出掛けたが物凄い人込だつたやうだ
　彼女が帰つて暫くしてから上田(16)の小井土《こゐど》先生が見えた　御代田にお姉さんがゐるとかでそこに来たついでに夜寄つてくれるといふ約束だつたのが日のあるうちになつた　源君が彼の車で御代田から案内した
　好感の持てる先生で安心した　しかし緊張したらしく血圧は上がつた　手を見て若いと言つてくれたがこのドクターは髪も黒くとても五十すぎとは見えない　診察よりはお喋りをした　流れるやうに生きるといふモツトオらしくて患者を見る以外の時間は気儘に暮すのだといふ　カメラや絵など趣味の多い人らしい
　僕のは神経性の胃で緊張すると出血しやすくなるのださうだ　癇癪も悪いけど我慢するのも悪いさうだ　近頃は性来の短気が収つて何事にも怒らなくなつたがかへつてそれが悪いのかな

厭な仕事を無理してするのは悪いと言はれてももう何年も我儘放題で厭な仕事なんか引受けたことはないのだからこの後の身の持ちやうが難しい　気に入つた仕事だけでも悪くなるときは悪くなるのではかなはない　しかしのんびりゆつくりとやる他はないだらう
この先生に会つたことは色々有益だつた

8／8（火）毎日暑い日が続きおしめり程度のものしか降らない
昨日くらゐから出血も完全に止まつたらしくて調子がいい　昨日の夕方はテラスの揺椅子に暫く坐つて庭の景色などを眺めた
昨日から甲子園の高校野球が始まつたのでテレヴイを見るので忙しい
この間源君に頼んで上田で「魔笛」のカセツトを買つて来てもらひ台本を見ながらそれを少しづつ聞くのを愉しみにしてゐる　それと西脇順三郎の選詩集を数頁づつ味はふのも愉しみだ　今日は少し涼しくなつてTVの野球を見ながらだいぶ昼寝をした
「内的獨白」(17)の校正は途中のところで止まつたままで随筆集「秋風日記」(18)の校正は新潮社の方に留めたまま送つてもらはずにゐる　この分では万事のびのびになるだらう　「内的獨白」の装幀は雪の下の絵をかくつもりでゐたがとても難しくかけさうにもないから去

年かいたヒメノガリヤスを流用しようかと思つてゐるがあまり自信はない
　フシグロセンノウはあれから蕾が二輪ほど咲いた　枕許の桔梗一輪はまだ持つてゐる

―――

8／10（木）相変わらずかんかん照りが続いて夕立の気配もない　東京[19]は熱帯夜が二十七回もあつて新記録だとニユースで言つてゐた
　この月曜から内野さんの御主人をこちらに招んでお礼の意味で泊めてゐるが今日は二人を白根まはりのバス旅行に出してやつた　大へん悦んでゐた　細君は旧道の教会で大衆伝道の説教があるとかで毎晩聞きに行く　留守がつとめられるぐらゐこつちも良くなつた（もつとも内野さんたちがゐるのだから一人で留守番をしてゐるわけではないが）昼の間はＴＶで野球を見ていて何もしない
　昨晩はＦＭでカラヤンの指揮するベルリンフイルの演奏で「大地の歌」を聞いたがバルツアといふギリシヤ生まれのアルト歌手がとてもよかつた　そのあと[20]ペルシヤ古陶の文様をちよつと模写してみた
　今晩は「魔笛」の第二幕を聞いた

そのあとカンタンの啼くのを聞く　今年は早い

8／12（土）水がいよいよ危くなつて惜しみ惜しみ使ふやうになつた　今日は源君がポリバケツを車に積んで水を持つて来てくれた

昼頃ざつと降つて珍しく雨になつたがほんの暫くでまたかんかん照り　しかし庭のきうりには恵みの雨だつたらう

今日からトイレに行くことにした　調子は良くこの分ならもう大丈夫と思ふ　昨晩は初めて少し仕事をすることにして「内的獨白」の校正を（四、五章）すませた

内野さんたちは昨日帰つたが東京は猛烈に暑いとの電話

8／14（月）毎日暑い日が続く　寝てゐると日中でも手許がうす暗いからスタンドを点けなければ本を読むことも出来ない　しかしスタンドを点ければ日中は殊に暑いからおのづから[21]TVで高校野球ばかり見ることになる　この画面がまた熱気横溢　昨日の夕食から食堂へ行つて食事をすることにした　時間がかかると少し疲れる

昨日はまた小井土先生の往診があつた　順調でこの前は胃の左側と右側との抵抗の差の

あつたのがすつかり良くなつたとのこと
先生はお嬢さん（大学生卒業論文執筆中）と一緒で西沢君が息子さんと来合せ源君も同席したので狭い寝室がいつぱいになつた　スケッチブックなどを見せた
夜になると盆[22]踊りの唄声が華かに聞こえ始めた　いよいよ毎晩悩まされる頃とはなつたあと五六日はやむを得ないだらう　テレヴイで「天井桟敷の人々」をやつたのでそれを何度目かに見たがその間も盆踊りの伴奏が入つてゐた　しかし夜が更けてそれが終るとカンタンの声がしげくなつて秋めいた感じが深くなる　それにしては日中は暑い
郡[23]司勝義君が大木君に託して繭[24]山龍泉堂のカタログ「龍泉集芳」をお見舞にくれた　重たい二冊本なので仕舞ひ込んでゐたが今晩持ち出して病床に横になつて見た　白黒の写真がむやみと沢山あつて愉しみは尽きない　もつとも右頁はよく見えるが左頁は見にくいから半分しか見てゐないことになる

8／15（火）晩めしの途中でくたびれて入口の部屋のベッドに横になつて残りの飯を食つてゐたら豊[25]崎光一君が見舞に立ち寄つてくれた　その頃から雨が珍しくも降り始めた　夕立

ペルシア水禽文様

の感じではなくしとしとと秋雨の感じ　夕刻厭に蒸し暑かつたのはそのためならん

8／16（水）庭に生えてゐるコゴメザクラに実がなつたのを細君が壷に挿してくれた　彼女は夕食と風呂とを源君のところに招ばれて行つた　すると雨がぱらぱらと降り始めた　盆踊りは中止になつたらしい

8／17（木）昨夜おそく細君が源君の庭に生えてゐたといふユフスゲを持つて帰つたのですぐさま写生をしておいた　今朝はもうすつかり萎れてゐる

今日珍しく曇り空　午後より微雨

オースチンの「高慢と偏見」を読み了つた　これは日常性の中にある時間の本質のやうなものを巧みに取り出して描き出したものと思ふ　会話を主にしながら時間がここでは過不足ない重さ（或は軽さ）によつて流れて行く　作者がこれを書く時に感じてゐた愉しさが読者に伝はつて来るのも心地よい　作品は自分の愉しみのためでありまた自分の知る少数の読者（家族）のためである　かういふふうな単純素朴な目的のために小説を書くことはその後なくなつた　ハツピイエンドのそのエンドのために[26]一篇の布曲を案ずるなどといふのは現代では望み得ないことなのだらう

8／19（土）原卓也[27]の一家が遊びに来た　明日帰京するとのこと　折しも珍しく濃霧となる

27　病中日録

8／20（日）昨日源君が眞帆ちやんを連れて家に来たが駐車場のところで珍しい花を眞帆ちやんが見つけたと言つて細君が花篭に挿して来た　蔓性のウリ科のやうな植物で黄色い小さな花がいつぱい咲いてゐる　図鑑を見てもまだ何だか分らない　様子を見に外へ出てみたらツユクサと一緒に混り合つて咲いてゐてたいへん風情があつた

8／21（月）井出[28]牧師夫妻が休暇で軽井沢に見えてゐるので今日から我が家に泊つてもらふことにした　もつともただ泊めるだけである

8／22（火）今朝入口の硝子戸に緑色の小さな昆虫がゐたので図鑑を調べてみた　昨日はむやみと暑かつた[29]が八王寺《ママ》市では三八・九度あつたとか　午前中に井出夫妻は貞子と共に源君の車で草地試験所に遊びに行つた

今日も暑かつた　午前中に西沢君が戸倉から友人と一緒に来て夕方近くまでゐた　昼はみんなを油屋の食堂へ案内し夕食は井出夫妻をトップ十八[30]へ案内することにして一人で寝室で食事をした　その夕暮に留守番をしてゐたら山崎建材の修君と実君の兄弟がガマとショウブとを持つて来て植ゑて行つてくれた　井戸がいよいよ涸れて水をやれないよと言つたら石臼の中のたまり水をやつてゐた　ついでに芝刈機をトラックに積んで持つて来てくれて庭の芝も刈つて行つた　久しぶりに庭に出てみたらフシグロセンノウが一輪倒れたままで花をつけてゐた

夜になつて佐藤[31]よし子さんが来て井出先生が相手をした　この[32]

ツノアオカメムシ

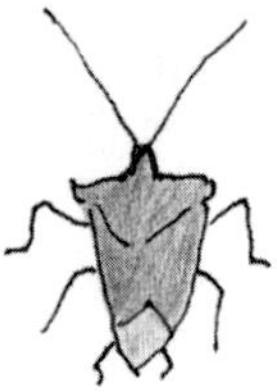

問題は我々の手に負へなくなつてゐるので井出先生が見えたのを幸ひお説教をしてもらはうといふのだが効果があるかどうか

8／24（木）井出牧師夫妻は二泊して昨日野[33]沢温泉へ去つた　今朝は涼しく霧が下りてゐた

（数行破損）

8／25（金）朝晩はめっきり涼しくなつた

昨日は細君が殆ど口を利かずこちらも従つて多く無言だつた　原因は実に他愛もないことで朝食のとき入口の部屋のベッドに横になつてゐたら彼女が支度をしながら「せめて椅子に坐つてゐたら支度の出来て行くのが分るでせう　パンぐらゐ切つてくれたらどうなの」と言つた　もつともなので大急ぎで起き上つて食卓へ行つてみたらパンは既に切つてあつた「何もしてくれないんだから」とこぼすから「朝は食事をする迄はだるくて気力がないんだ　言つてくれればするんだから厭味を言はずにこれこれをしてくれと頼めばいいだらう」と言ひ合つたのが事の起り

四五日前にもかういふことがあつた　蒲団を乾したりしてゐる時に寝てゐたら「寝てゐて出来ることもあるでせう」と怒鳴つたから「言つてくれれば何でもするよ」と起き上つて彼女のうしろにくつついて歩いてゐたら怒つたまま二階に行つてしまつたからさすがに二階まではついて行けなかつた

　おしりにくつついてゐたのはちよつとした厭がらせだがユーモアはある　つまり彼女にすれば自分で気がついてやれといふことらしい

　昨日は不機嫌でゐたところにかねての約束で(34)麥書房の堀内君が「菜穂子創作ノ

オト」の複刻本が出来て持つて来てくれた　それで出てみたら堀夫人も一緒だつたのでまたま腹が立つて夫人とはあまり口も利かなかつた　とんだ八当りといふことでもあるがかねてから面白く思つてゐなかつたのが顔に出ただらう　東京で入院してゐるときに追分から見舞に来てくれとは言はないが追分で目と鼻の距離に住んでゐながらこの一月ばかり一度顔を出してくれただけといふのはあまりに人情がないといふものだらう　電話で様子を訊くといふことも殆どなかつたやうだ　そんなに情に厚い人だと思つてゐるわけではないがつい期待しすぎるからかういふことになるのだらう

しかし大人げなかつた　にこにこして「お久しぶり」とでも言つてゐる方がよかつた

内田百閒に「立腹帖」といふのがあるがこれだけ書いたらすつとした

8／27（日）昨晩は夜中に目覚めたら胃が重い感じがして眠れなくなつた　よくない徴候なので今日は絶食することにして細君が旧道の教会に行つた留守をじつと寝たまま水を呑むだけにした　昼過から猛烈に空腹になり細君が帰つたお八つの位の時間にさつそく葛湯を作つてもらつた　夕食に玄米のおかゆ寝がけに豆乳を一杯結局絶食は朝昼の二食だけしかしそれで調子は大へん良くなつたやうな気がする

32

格別変なものを食つたわけではないが時々胃が重たく感じられることがある　まさか腹を立てたのが原因でもあるまいが

信濃追分

病中日録

二

一九七八年八月～九月

軽井沢病院の院

信濃追分

病中日録 二

一九七八年八月—九月

軽井沢病院入院

8／28（月）胃を悪くして臥床してから六週目を迎へた　三十六日目である
もう十日以上も雨も霧もなく乾いてゐるから我が家の井戸は三日ばかし前から一滴の水もでなくなつた　源君のところからポリ容器三つ(35)に水を貰つて細々と食事をしてゐる　細君の方はやたらに外食したり源家に招ばれたりおやきやすしの類を買つて来たりして凌いでゐる
今日山田正治君のところから三人来て井戸掘りが始まつた　もう少し掘り足してみようといふこと　水道工事も申し込んであるが井戸と水道とどちらが早いかの競争だつた
昨日二食ばかし抜いたので今日は足がふらふらするが様子を見に行つた　濡れた赤土をバケツで汲み出してゐた
庭の様子を見ても水不足で植物に生気がない　黄釣舟は少し咲いてゐるが赤い釣舟草はどこにも見えない　しだは赤

茶けて枯れてしまつたやうだ
8／29（火）昨日に続いて井戸掘りの連中が三人朝の八時半に来たと思つたら続いて旭工務所から四人水道敷設工事に来てすこぶる忙しくなつた　今日一中《ママ》で登山道からうちの外流しまで穴を掘つてパイプを埋めた　ブルが活躍したとはいへ頗る迅速で感心した　役場から見に来てメーターを入れると水が出ることになるらしい　多分明日の晩は嬉しいことになるだらう　井戸の方ももう半日掘るぐらゐでいいらしい　それ以上掘ると錆が出て鉄分が多くて使ひものにならなくなるとのこと　深ければいいといふわけではないとのこと　これも明日中には使へるやうになるだらう
　一日中転手古舞の忙しさで細君は発狂すると称して機嫌が悪くやたらに当り散らした　京都から森[36]田和紙の森田康敬君（源高根君の従兄）が客に来て京唐紙の推薦文を書いてくれといふ　源君も一緒だつたが話も聞えないほど外の工事がうるさかつた　うちの細君がまた夕食と貰い風呂とに源家に招ばれてゐて森田君も源家に一泊して明朝帰るといふので頑張つて原稿二枚ばかりを書いて細君に持たせてやつた　かういふ原稿なら仰向に寝てゐてもすらすらと出来るのだが

8／31（木）井戸掘りと水道工事が競争で頑張り昨日は水道の方は室内の工事が済み午後役場からメーターの検査が来て目出たく水が出た　細君はホースで庭ぢゆうに水を掛け僕の方は久しぶりにたつぷりと水を使つて顔を洗つたがいい気持ちだつた　但し水は生ぬるくカルキの臭ひもあつて井戸とは較べものにならない　その井戸の方は昨日の夕刻までに掘り終り今朝は壊した框組をセメントでまたくつつけた　午後挿し水をしてこれまたじやんじやん出るやうになつた　もつとももまだ濁つてゐるから使へるのは一両日してからのことにならう

細君がつる屋から買つて来たりんどう

従つて昨晩から何となく豊かな気持になつてゐるがお天気は次第に下火に（とは言はないかな）なつて昨晩はぱらつき今晩あたりは一雨来さうな気配である　しかし井戸のためにも降るに越したことはない　堰に沿つてオタカラコウやシラネセンキユウがいつぱい咲く筈なのに水がないので今年はひつそり閑としてゐる　昨日水を撒いたところに今朝はキチヨウがしきりに飛び廻つてゐた

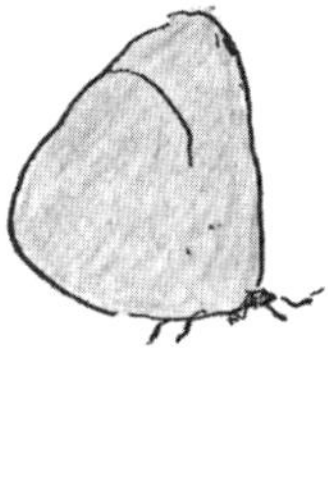

9／2（土）案の状昨日は朝から小雨が降つて夜まで降りつづいた　これで井戸の方も心配はなくなつたがどうせ降るならもつと早く降つてもらひたかつた

山崎家の修と実の兄弟それに従兄の甘利君といふ青年の三人にアルバイトを頼んで昨日一日掃除やら硝子拭きやら風呂焚きやらをしてもらつた　気持ちのよい連中で仕事もはかどり細君は大悦びだつた

昨日隣の別荘の土屋滋子さんが孫娘の女子大生と一緒に見えてホホヅキを枝ごと貰つた　自生してゐるところがあるとのこと　行つてみたいものだ

今日は秋晴の美しい日で風も涼しい　石臼の中にヒキ蛙が一匹泳いでゐて出られない

らしいから逃してやつた

9／4（月）昨日の日曜は一日雨が降つて冷え冷えとしてゐた

細君は具合が悪いといふので一日寝てゐて教会へも行かなかつた　水不足の時の疲れが出たのかと思つたら前の晩一時半頃まで設計図をいぢくつて疲れたらしい　我々の山荘もいよいよガタが来て改築だか新築だかする時期となつた　細君は張り切つてゐるが僕の方は万事お任せだ

そこで昨日はズボンをはきシヤツを着込んで風呂焚きなどをした割に元気でさして疲れなかつた　もつともそれ以外はＴＶを見ながら寝てゐた　将棋のあとメシアンの「イエス

葉を少し剪定してある

の変容」（マゼール指揮フランス交響楽団演奏）を見物し夜は昔なつかしいルネ・クレールの「パリの屋根の下」を見た

今日は午後晴れ上がつたので夕方の三十分初めて散歩に出た　原君の別荘まで行つたが彼が留守だつたので堰に沿つて土屋さんの池まで歩いてみた　ステツキに頼りながらだからゆつくりとしか歩けない　堰はところどころ溜り水がある程度だし池はすつかり干あがつて名前を知らない草が一面にひろがつてゐた　それでも家の前の堰のところにツリフネと黄ツリフネとが見つかりオタカラコウが四五本生えてゐた　しかし一体に草花は例年に較べて寂びしい

カンタンは夕方からもう鳴いてゐる

9／5（火）今朝七時また下血した

昨晩までは元気が良かつた　昨晩は「内的獨白」の後記を半ペラ十四枚書き片づけた十一時に寝たが夜中に一時、三時、五時と目覚め、六時にトイレに小用に行つたら足がすくんでやつとのことで寝床まで戻つた　七時に細君を起して丸便を持つて来てもらつたら例の如し新潮社の徳田君[37]に大塚医院[38]へ出血用のくすりを取りに行つてもらひそれを持つて三時にはもうこちらに着いた　お蔭で少し安心した　徳田君とは「秋風日記」の装丁画（浜口陽三[39]）を決定した　夜七時半に小圡井先生が上田から来診　これで元気が出た　ブドウ糖止血剤ヴイタミンKの注射

そのあと内野さんが東京から駆けつけてくれた　細君も加勢を得て一息つけるだらう出血の原因は一昨日の夕食にうなぎを食つたことにあるのかもしれない　情ない話だ

9／8（金）午前八時軽井沢病院三階十七号室にて

下血のあと色々なので箇條書にする　今迄はヴインザーアンドニユートルの黒インキにブラウセのペン先で書いてゐてこれはもともとスケツチにいいからとのことだつたが当分はインキ壺にペン先を突込むことなんか出来さうにないからクロスのフエルトペンにする火曜の下血の日の晩に小井圡先生が上田から診察に見えた　そのあと九時に就寝十一時にタール便が出た　足許の丸便から這つて戻つた

六日の水曜の午後一時に小井圡先生がまた見えた　一時からブルツクナーの二番をやるのでこれから聞かうとしてゐたところだつた　すぐ軽井沢病院に入院ときまつた

先生に手配してもらひ二時には入院した　西沢・桜(40)井両君が来合せ源君と車を並べてあとから来た

午後輸血2食塩水2葡萄糖1

絶食なるも止血用の漢方と蓮根のしぼり汁を用ひる　患部をアイスノンで冷す

夜不眠　二十三時、二十四時、一時（からぶり）、四時と四回も便意ありタール便　一時から四時まで源君に詰めてもらひ細君少し眠る　四時以後源君が帰つてから少し眠る

夜中から酸素ボンべを使ふ　朝九時まで

昨七日木曜　九時診察　小井圡先

この日の午前中にすこしづつ描いてゐた　堀夫人が月曜の朝玄関に置いていつた北軽井沢土産

生が内科医に紹介してくれた筈なのに主治医は外科　千葉医大で玉川病院の平林先生の後輩とのこと　すぐさま検査でゾンデを呑ませるといふので真向微塵と断つた

　そのあと十時十二時と排便、少し赤みが混つて黒血色　それが出たのですつかり気持がよくなり空つぽの感じ

　午前十時から午後九時半まで輸血3食塩水1葡萄糖2

　夜十時より熟眠すると夜中に廊下を走り廻る跫音や遠くの病室で声がしてどうも誰か亡くなつた感じ　あと静かになる　すると暫くして（また眠つたらしい）病院中に轟くやうな声で「哀れ哀れ哀れワーツワーツワーツ」と叫んだ　沖縄の人でもあらうかと思ひ死者を嘆い《ママ》のだらうと感動してあとよく眠れなかつた　午前四時半

　しかし今日になつてみるとどうもその形跡がない　まさか病人にあんな大声を出せる筈もないが　細君は寝ぼけまなこで「哀号」と言つてゐたやうな気がするとのこと

　朝の十時から点滴が始まると夜まで字を（絵も）書くことが出来ないから細君にとめられてもやめられない

――

9／9（土）今朝はまるで元気がないからテラスのサルビア（昨日デッサンしたもの）に色をつけるだけ
　点滴が終つたのが夜の九時半で夜中の一時半まで眠れず熱を測ると八度二分あつた　輸血のせゐならん　今朝七度五分快晴すこぶる暑し　夜中から酸素を使ひ通してまだぐつたりしてゐる
9／10（日）今朝は昨朝よりか少しいい　一昨日の点滴は十一時間ちよつとかかり輸液2輸血3食塩水少量で済んだあと八度二分出て眠れなかつたためである　一昨日の夜八時に小井圡先生が見舞に見えて川上澄生の豆本を貸してもらつたがその節輸液輸血が多すぎることを訴へた（如何に少なく用ひるかが名医の資格で沢山使へばいいといふものぢやないさうだ）

すぐ院長と話をすると言つて出掛けたが何とか内科の主治医にしてもらひたい　でなければ今の外科の笠井先生にもう少しおだやかに扱つてもらひたい

昨日は朝七度五分午後七度八分夕八度三分で前の晩の発熱が残つた　この日インターンの外科が来て点滴の量のことで愁訴したら輸血が今日は二本　明日明後日輸血は一本輸液は一本に減量になつたとのことでほつと安心した

朝の十時から点滴が始まるが最初の黄色い輸液はいろいろ入つてゐるらしく時間がかかるしすぐに動悸が烈しくなる　点滴のスピードを遅くすれば終るのが夕刻遅くなるしその点むづかしい

昨日は本陣の本家である土屋先生が奥さんと見舞に見えた　院長と懇意ださうだ

堀夫人が鉢植の梅鉢草をお見舞にくれた

和男君[41]に成城の家から蒲団を一枚持つて来てくれるやうに頼んでゐたら蒲団は冷凍車（トラック）にことづけて本陣に運ばせたらしく百合子ちやんが車で持つて来てくれた　肝心の和男君がなかなか到かないので気を揉んでゐたら七時になつてやつと現れた　特急満員立ち通しでそれが軽井沢でどつと空いたさうだ　輸血中で熱が出てゐるからあまり口を利くことが出来ない

夕方の熱を取りに来た看護婦さんが動悸がひどいのを見て大丈夫ですかと心配さうに上から覗き込んだ

昨夜は八時頃からうとうとし何度も目が覚めたがしかしおしなべてよく眠つた　夜中に少し寒気がして汗を掻いた　七時頃から夜中まで酸素ボンベを使つた

今朝の熱は七度一分　今日もよく晴れて暑くなりさうな感じ

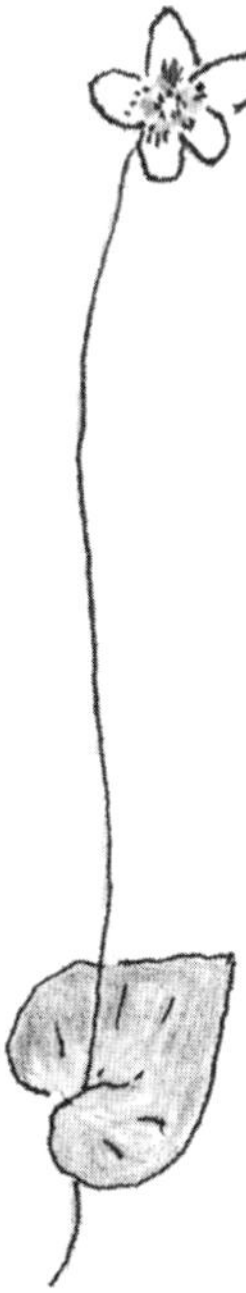

9／11（月）今朝も室内がむし暑く細君に六時に窓を明けてもらつた　外は一面の霧

昨晩は寝苦しく浅くしか眠れなかつた　熱も夕刻が七度三分で動悸も殆どなかつたから眠れると思つたがさうはいかなかつた　腹中がごろごろして夜中に便器を使つたが出なかつた　客が多かつたので疲れすぎたせゐかもしれない

点滴の量は輸血が一本になつたが輸液が二本ゆつくりやると十時から始まつて夕方七時

半までかかる
和男君は前の晩追分の我が家に泊つて十時半に病院に現れ午後の三時半頃の急行で東京に帰つた　内野さんはお休みにしてもらつて追分にゐた
郡司勝義君がちよつと立寄つて塚本邦雄の「あらたま評釈」を置いて行つた　早く読みたい愉しみだ
加賀乙彦[42]君が中村から聞いたといつて寄つてくれた　今ではどんな難しい病人でも手術のできる設備のあるところでやれば大丈夫と言つて意見を述べてくれた　よくなつたら思ひ切つて手術した方がいいといふ　これは医者の考へかた　こちらの考へを詳しく説明する時間はなかつた　彼がこの間新聞に書いてゐた「戦争と平和」は誰の翻訳なのかを教はつた　それで読んでみようと思ふ　敗戦の翌年上野から帯広までの汽車の中で読んでゐたのは米川訳だつた　今度は別のにしてみたい
旧道の教会から高橋先生とチエンバレン先生と二人連れ立つて見えた　二人とも老婦人といひたいが外人の年は分りにくい
一昨日に続いて昨日も土屋勝先生が見えて細君ともども病歴の説明をした　原因が突きとめられなくちやどうにもならないですなあといふ意見

夕方の五時に研究室の代表といふ格で弓君が現れ二時間ばかりゐた　母親の看病をしてゐた経験があり理解ある看護人を自称してゐた　僕に喋らせまいとしてゐながら質問なんかするので滑稽だつた

表が暗くなるとカンタンがしきりに鳴くのが聞えて来た　信越線の電車の窓の明りが流星のやうに走り過ぎるのが少しばかり見える

和男君が姉弟愛を発揮して細君用に食料をたくさん持つて来たがこの部屋には冷蔵庫がないから困つてゐたら追分にアイスボックスがあつたことにやつと気がついた　そこで山崎家（なら屋）の修君に運んでもらひついでに旧道の氷屋から氷も買つて来てもらひ細君も安心してゐる　修君と一緒に母親の篤子さんも挨拶がてら見えた　一昨日末娘の君ちやんの結婚式がありそれから帰つたばかりのところで申訳なかつた　君ちやんたち新婚さんは沖縄へ旅行したとのこと

9／12（火）午前七時半七号室にて

今朝も濃霧らしい　この部屋のカーテンは厚手で光を遮る

昨日の十時半頃部屋が変れることになつて急に忙しくなり看護婦さんが総がかりで七号

室に運ばれた　こちらは二十畳敷ぐらゐもある広い部屋でベツド二つ（病人用も附添用も同じ）テレヴイ冷蔵庫お勝手風呂電話とついてゐる　移つたあと一人で寝てゐて細君がせつせと残りの荷物を纏め看護婦さんが一世帯ありますねと感心しながら運んでくれた　内野さんが追分の家から途中買物をして前の部屋に飛び込んだらもう他の患者が寝てゐたさうだ　引越をばかに急いだ筈だ

　引越のせゐか便がないせゐか昼頃から腹が張り突張つた感じがして終日苦しく物を言ふ気もしなかつた　点滴は輸液二本輸血一本だが十時半から夜の八時すぎまでかかつた

藤野邦康君[43]がわざわざ東京から様子を見に来てくれたが殆ど口を利かなかつた

内野さんの御主人も来た　当分追分の別荘にゐてもらふ　内野さんが一人で夜を過すのを怖がるので老夫婦揃つてなら気も晴れると思ふ　この人は物凄くお喋りな人だがお喋りを聞く気分ではなかつた

　消灯後便があつて大量に出たからやつと落ちついた　ちやうどＦＭ放送でマーラーの一番をメータ指揮ロサンジエルスフイルでやつてゐた

9／13（水）朝七時半

昨夜は久しぶりに安眠した　ほぼ調子がよくなつた

昨日は一日三回玄米おもゆの濃いのにスープやら豆腐やら当りゆばなどを食した　輸液は一本（輸血なし）となつたがそれでも十一時から三時までかかり終ると頭が痛くなつた

終日雨が降り歇んだ時は濃い霧となつた　内のさんはこちらで働き御主人の方は別荘でぶらぶら

源君の娘の眞帆ちゃん（幼稚園児）が「いぢわるばあさんの《ママ》漫画本を一冊貸してくれたので昨日それを読んで大いに笑つたうちにあるのを貸したお礼に別のを買つて貸してくれたもの

夕食後漫画も読み終りうとうとしてゐたら小井圡先生が見えた　お土産といつて写生用に栗一ついちぢく一つを持つて来てくれた　暗くなつたからこれだけしか採れなかつたが庭になつてゐるとのこと　栗は小布施栗でいちぢくはまだ若いがうまさうだ　写生ではうまくいかない

先生は旧制松本高校の集りに行つて気焰を上げて来たとのこ

と　病院の話などを聞いてゐるうちにかういふ主治医がゐるのなら上田に住みたいと考へた
消灯時間になつて細君がポチを落つことして割つてしまつた　中身が入つゐてなくてよかつた　びつくりした

9／14（木）朝九時　霧
今朝は細君が寝坊したのでこの時間になつてしまつた
昨日は一日秋霖で小雨降りつづきうそ寒かつた　細君が顚へ上つて堀家のデインプレックスを借りることにした　それと我が家から電子レンジを持つて来ることにし山崎の二兄弟（修君と実君）とに夜運んでもらつた
昼の間内野さんの御主人も一緒に来て大いに喋つてゐた　夫婦で言い張つてゐるので聞いてゐてもくたびれる　この人は僕を贔屓にしてくれるのは有難いが創価学会の会員で僕のためにお札を上げて願を掛けてゐるのださうだ　蔭でさういふことをされてゐるのならとにかく明らさまにこちらに向つてそれを言ふから有難迷惑といふことにもなる「しつかりして下さいよ　私が願を掛けてゐるのだから大丈夫ですよ　気を落としちやいけません

よ」とかうだ　返す言葉がない
明日（つまり今日）帰るといふので奥さんの方も一緒に帰つてもらふことにした　内野さんが別荘で一人で寝泊り出来ないといふので小父さんを呼んだが要するに迎へに来てくれといふことだつたらしい　切符二枚手に入つて二人ともにこにこしてゐる
夕七時　昨夜は朝から寒かつたせゐか痰がひどく出るので細君が北里研究所に電話して大塚先生にかねて貰つてゐる漢方の痰止めをかういふ際に服用してもいいかどうか訊きその上で一服用ひたがぴたりと効いた　もつともデインプレツクスで夜からは暖かくなり今日など暑すぎるやうだ
昨日今日と熱は平熱でそつちは落ちついたが昨晩は消灯後九時半と夜中の一時半と二度も挟込みを試みて二度とも失敗　今朝の食事後の十時にベツドの上に丸便を置き起き上がつてやつと成功した　便はまだ黒いから出血が完全に止まつたとは言へない　しかし気持ちは良くなつて自分の判断では危機を通りすぎたやうな気がする
昨日は煎り豆腐　今日は蕪のクリーム煮を食つた　しかし主食は相変わらず玄米粉を練つたおもゆ　但し固く練つてある
内科の院長と外科の主治医が一日おきに別々に診察に来る　意見も違ふらしくて外科は

もう少しして歩けるやうになつたらレントゲン室へ行つて胸の写真をとると言つたが院長はポータブルで撮れと命じたので今日寝たまま写真を写された

内野夫妻は今日夕方の急行で帰つた　小母さんがせつかく来てくれたが一人では夜が越せないのではしかたがない　お金を払ふので亭主のも細君のも財布が空になつた

今日源君が大阪から戻つた　夜中に走つて午前中寝てゐたとかで昼すぎに現れたので安心した　モツアルトのピアノ協奏曲のカセツトを買つて来てくれた

内野さんの代りに山崎さんに午後だけお願ひすることにした　息子たちにも母親にも世話になる

夕方源君と山崎さんと細君とがスクリーンの向うで話をしてゐる間に「内的独白」の装幀プランをつくり題簽ををペンで書いた　大事を取つてゐるうちに遅くなり拙速を尊ぶこととなつた

その前に細君が源君の車で銀行に現金を出したり支払いをしたりしに行つた

それから帰つたところに堀夫人がサラシナショウマを篭に入れてお見舞いに来てくれた

この花はよく匂ひ広い部屋の中に漂つてゐる

55　病中日録　二

9／15（祭日・金）午後二時半
暗曇　九州に台風が近づいてゐるらしい　昨晩はよく眠れたが朝の五時から目が覚めてしまつた
朝食前にベッドの側の丸椅子の上に花籠を持つて来てもらひサラシナショウマの写生を

サラシナショウマ

した　それが済んで朝食を食つてゐたら不意に天井がぐるぐる廻つて目をつぶつても眩暈がやまなかつた　そのあとの点滴中にも時々めまひがして今でもまだ少しをかしい　十時に血圧を測つてもらつたら一六〇―九〇でいつもよりぐつと高くなつた　他に理由も考へられないから花の強烈な香りに目がくらんだといふことになるだらう　殆ど麻薬的効果がある

朝食後の便は良好で最早黒褐色ではなかつた　出血は止まつたやうに見える　しかしこの病院では未だに検尿検便をしてくれない

9／16（土）午前七時

今朝も雨らしく車が水を切つて走る音が聞こえてゐる　昨日のニュースでは台風が中国九州に来たらしいからその影響だらう

今朝は五時半にアナウンスで蓄尿をトイレに持つて来るやうにと言ふからそれは看護婦さんの方でこちらに来て始末するのだと返事した　あんな重いものを手でトイレまで持つて行けるものぢやない　今日になつてこんなことを言ふ看護婦が現れるとはここの指示はどうなつてゐるのだらう

そこで眼をぱつちり明けてその看護婦が検温に現れるのを待つてゐたらあくどい化粧をした準看らしいのが来た　お早うございますでもなく余分な口を利けば損といふ顔でパーマの髪が逆立つてゐる　この病院はおほむね看護婦さんは質がいいのだが中にはかういふのもゐる

昨日は眩暈が一日中つづき実は今でもまだ横を向くはずみに起る　昨日は便が良くて気分は良好だつたがこいつのせゐで何となく落ちつかなかつた　花の香りのせゐでこんなになるものかしらん

輸液一本に管注でやはり四時間かかる　診察のときに笠井先生がカリウム不足ゆゑ注射もするけれど果汁を摂るやうにと言つた　果物は森下式によると出血作用があるからいけないといふことではたと困つた　細君が夜小井土先生に電話して訊いてみたらバナナのジュースがいいだらうといふ意見でどうやら今日はそれにありつけることになつた

旧道のカワベで細君がスエーターを取つておいてもらつたら十七日までで店を引上げるといふ電話が留守宅にかかつてゐた　そこで源君が山崎さんを連れて来たので山崎さんに留守番してもらひ彼女は源君の車でそれを買ひに行つた　あとで見せてもらつたらイタリア製の趣味のいいもので彼女もにこにこしてゐる　しかしこの店のはバーゲンといってでも

お安くはない
源君の話によると中村真一郎が「夏」で谷崎賞を貰つたさうだ　あの小説はまつたく谷崎的だからこの賞にふさはしいだらう　僕も推薦文を書いた手前評判のいいことを祈つてゐた　これで中村もさぞ満足だらうし文壇もかういふ小説の存在を認めざるを得なくなるだらう
細君が旧道から帰つて来た車で一緒に珍しく高橋規子が現れた　偶然遭つたやうなことを言つてゐたが源君と連絡して落ち合つたものらしい　小布施の病院にゐるときはしげしげと見舞に来てくれたがその後は疎遠のまま過ぎてゐた　相変らず我侭娘といった感じだがもう三十三ださうだ　亭主が桐生に行つてゐるとかで友達とテニスに来たがこの雨ではテニスも出来ないだらう　彼女はうちの細君の従妹で今まで疎遠だつたのは不本意なことだから久しぶりに会つても少しも気詰りなところはなかつた　陽気に振舞つてゐた　しかし可哀さうにちよつと老けたなあ

9／17（日）午前十時半
久しぶりに秋晴の好天気となつた　この七号室に移つてから秋霖がつづいて快晴は今日

初めて
輸液の点滴（と管注）は昨日でやっと終わりになつて今日は悠々と寝てゐられる　しかし今日もまだ少し眩暈がするから花の香りのせゐとは言へなくなつた　どうもやたらに点滴をして血圧を上げすぎたせゐとしか思へない　一昨日の花の写生をした直後の一六〇―九〇に対して昨日の午前は一七〇位あつたらしい（看護婦が正確に教へてくれなかつた）低血圧の人間が高血圧で心配するなどとは馬鹿げてゐる
昨日も便は普通の色になつた　但し今日はまだない
病院の職員が昨日電子レンジのアースを水道栓につないでくれた
昨日の笠井先生の診察のときにこの前カリウム不足と言つたのは数値の写し間違ひだつたと聞かされた　呆れて物が言へない　お蔭でバナナ半分づつ毎日食べてはゐるが
昨日の午後二時間ばかり西沢賢一、登紀夫の親子で見舞に来てくれた　手打のうどんを貰つたので夕食にお宝湯（五宝湯と思つてゐたが土地の看護婦さんはお宝湯だと言つた）を作つてもらつた
昨晩初めて髭を剃つた　十日以上になるのでみつともなく生えてゐたのがやつと人並みになつた

入院後ぽつぽつと読んでゐたスリラー「大統領に知らせますか」を昨晩読み終つた　細君が消灯後頭を洗つてゐたのでその間に最後のところを読み片づけた
夕刻六時　細君が昼寝してゐるのでまだ晩めしにはありつけない
今日の昼小井𡈽先生が見えた　カリウムが不足すると手も上らなくなるさうだ　危ないところ間違ひでよかつた
今日はよく晴れたので室内を歩きテラスを歩いて内外の景色を眺めた　起きても眩暈はない（寧ろ横になって急に左を向く時に起る）浅間山がよく見えるのでいづれ写生をしようと思ふ

9/17

信濃追分

病中日録

三・完

一九七八年九月・十月

於信濃追分

玩艸亭

信濃追分

病中日録 三・完

一九七八年九月、十月

於信濃追分　玩艸亭

9／18（月）午後四時

細君が源君の車で追分の家に物を取りに行つた　代りに山崎さんが来て留守番をしてゐる

今月の初めに貰つたホホヅキを病院に持つて来て飾つてゐたがいよいよ葉が全部落ちた　それでも一番上のはまだ充分に色づかない

昨日も今日も抜けるやうな秋晴である　昨日は軽井沢の野球大会があつて源君は三石のチームに駆り出されたさうだ

昨日は平岡昇[44]さんがお見舞に見えて民芸品の筆箱やらお皿やらを貰つた　平岡さんと話をしてゐると何やら学生時分に戻つたやうな気がする　今日は堀夫人が水引草を持つて見舞に来てくれた

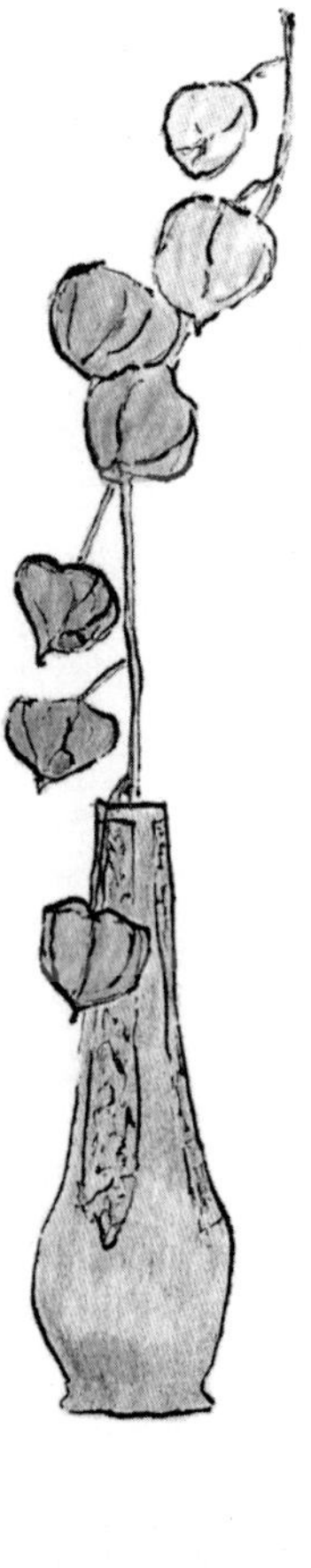

昨日今日と便が出ないので気が重い　それでも随筆の校正刷を少しめくつてみてゐる

夜八時細君が追分の家に往つたのは和男君が冷凍車（トラック）にことづけて冷凍えびを一箱（とその他食料）を送つたのを受け取りに行つたものである　本陣にトラックが到いて下すのを病院まで源君の車で運んで広田先生といふ副院長（内科）のところへ届けた

それにはかういふわけがある　先日二箱取り寄せ院長（内科）と笠井先生（外科）とに届けたところ診察のときに笠井先生が細君を脇に呼んで広田先生にも届けてくれましたかと訊く　私はあの人に頼まれたので本当は広田先生がつく筈だつたのだから　では私が半分廻しませうと言ふので細君がそれには及びませんそのやうに計ひますからと答へて弟に電話して今日また冷凍えび一箱を廻してもらったものだ　馬鹿馬鹿しいそんな必要があるものかと僕は怒鳴つたがこの広田先生（小井土先生が紹介してくれたが診察もしないで外科に廻した人）の顔さへも見たことがないのだから何で取られるんだかさつぱり分らない　田舎の医者はかういふふうにみんなうまい汁を吸ひたがるのだらう

細君が夕方遅く追分から帰つて晩めしを食つてゐるうちああ忘れたと叫んだから何を忘れたのかと思へば肝心の冷凍えびを追分の家の冷蔵庫に忘れて来たといふのだから笑はせる　溶けては困ると言つてまた源君に頼んで慌てて取りに行つた　広田先生の官舎が分ら

なくて困つたさうだ

9／19（火）夕六時

今日は午前に便が出て気持が良い　見たところはすつかり普通のやうだ　その代り眩暈の方はまだ少し残つてゐる　院長が回診に来てメニエール氏病といふこともあるとおどかした　入院してそんなお土産を貰つてはやりきれない

細君は昨日追分へ行つて大活躍したので今日はくたびれて今もちよつと横になつたら眠つてしまつた

新潮社の随筆集の校正をざつと見終つた　再校だから極めて楽だ　後書を少し書いて返送するつもり　すつかり遅くなつたが今までは校正を見る気力もなかつた

細君が追分の庭から剪つて来たツリバナ

9／17

9／20（水）朝七時

昨晩は夜中にひどく咳込んで二度も目が覚めた　漢方の咳止め頓服を服用してどうやら治つた　今朝になつても室内に玉葱の臭ひが漂つてゐるがそのせゐといふことはないだらうか　細君が夕食の仕度に俎板の上で微塵切にし疲れて消燈までそのままにしておいたのでその臭ひが残つてゐる　玉葱と言へば北里病院にゐた時朝食に玉葱の酢漬を食ひすぎて午前中にコンコンと眠つたことがあつた

夕六時　今日は晴れても雲の多い一日だつたが夕方になつて雨が降り始めた　細君は疲れて今日も一日の大半を寝て（眠つて）ゐた　血圧は僕のが一五二―九〇で彼女のが一六二―一〇〇で高い　疲労のせゐだらうとは思ふが

随筆集の校正は初めから見直して約三分の二を源君に渡して新潮社に送つてもらつた

午前の笠井先生の診察のときにだいぶ調子がいいから（昨日の検便潜血マイナス今日は眩暈殆どなし）入浴か清拭はどうだらうかと訊いて許可を貰つたが細君が側からすかさず退院はどうでせうか来週はじめ位と訊いていいでせうといふ返事を貰つた　この分ならどうやら早目に検査を省略して退院できさうである

9／21（木）夕七時

今日の午後笠井先生が単身やつて来て退院する前にバリウム検査をやりませう明日やりませうと言つたのでびつくりし細君ともどもこの前玉川病院でバリウム検査のあと便が出なくて力んだために血痰が出た話をして阻止したがいつかう聞き入れてくれない　どうせ検査をしても今まで見つからないし今度見つかるとは思へないとか手術をするつもりはないから探すには及ばないとか言つても検査をして見つからないとは限らないとの一点張で小一時間も問答し結局考へてみるといふのでお引取り願つた　実に執拗なものだが向うもこんな患者は初めてなのだらう

すすきと水引草

9／21

70

細君も一緒に頑張つたので夜になつて彼女の血圧を測つてもらつたら一八〇—一〇八もあつた
その直後に院長の回診があつて事情を説明したら本人次第だから厭ならしなくてもいいでせうと言つた
夜になつて小井土先生にも意見を訊いたがバリウムには反対の意向だつた　外科の人は一〇〇パーセント見つけられるやうな自信があつてその自信が恐ろしい

小さなカーネーション

9／22

校正の残りと随筆集の後記三枚を源君にたのんで送つてもらつた
眩暈は今日はなかつた　気分はすつかりよくなつた

9／22（金）午後四時
今日は細君が源君に迎へに来てもらつて追分の家に午後から帰つた　蒲団乾燥器《ママ》を入れたり除湿器《ママ》を入れたりした　退院に備へるため　今日の笠井先生の診察では（診察といつてもこの人は殆ど腕組してゐるだけでカルテも持つて来ないし聴打診することもない）

ムラサキエノコロ草

バリウム検査のことはもう何も言はず二十五日午後退院するといふことに納得してもらつた　気分は晴々としてゐる

一人で静かにしてゐる　カセツトで「魔笛」などを聞いてゐる　朝の曇り空が少しづつ青空を覗かせ始めた

9／23（祭・土）夕八時

今日の午後清水さんといふ看護婦と細君の二人がかりで頭を洗つてくれた　久しぶりで気分がさつぱりした

お彼岸の中日なので病院の中もひつそりしてゐる　山崎さんもお休みだつた

八時すぎに風呂に初めて入つた　トイレと同室にある洋風バスで熱い湯が出てとてもいい気持だつた　細君は手紙を書く暇もないと言つてせつせと便りを書いてゐる　ぬるい湯しか出ないと言ふので彼女はほんの一二回昼間入つただけだが損をしたものだ　これなら毎晩でも入りたいところだ

いろいろ食べられるやうになつて鮭罐入りマシユポテトだとか野菜の煮〆だとかかますの干物などを食べてゐる

9／24（日）夕八時

朝のうち曇つてゐたが次第に青空が見えて来た

源君が今日は一日に四回も現れた　一度は河出からの校正刷が彼を経由して届いたのを持つて来てくれた　その足で旧道に行つて昨日頼んでおいた「美術手帳」増刊「絵を描くための道具と材料」を買つて来てくれた　一回は山崎さんを家から運んでくれた　最後の一回は明日の引越の準備に荷づくりをするためで山崎兄弟も運搬に来てくれたから一緒に運んでくれた　とにかく大活躍だつた

河出の校正は「内的獨白」の目次と後記でそれに原稿を一五〇字分だけ追加した　あとは装幀がどういふふうになつたかを見るだけ

病院の外壁にペンキの吹きつけの工事が始まつたのでテラスの硝子戸を明けることが出来ない　北側のテラスから浅間山を写生したいと思つてゐたがこれで出来さうにもなくなつた

黄ツリフネ

今日原卓也がひよつくり現れた　追分に金曜まで滞在するとのこと　入院中の患者さん（外人の奥さん日本人）から「別れの歌」にサインを頼まれた　近頃は万年筆ではなくペンと黒インキとで書くやうにしてゐるがこの方がずつと書きやすい

9／25（月）夕六時半

今日は久しぶりに朝からよく晴れた　昼に源君そのあとから原君が来て残りの荷物をまとめ午後二時に源君の車に乗つて無事追分の家に帰つて来た　山崎さんが既に家の方で待つてゐてくれた　病院で暮したのは僅か二十日間で今までの入院記録では一番短い　しかし久しぶりに戸外の景色を眺めると早くも秋の気配がしてゐる

さすがにくたびれて横になつたままでゐる　晩めしには山崎さんがお宝湯をつくつてくれた　修君がぶらりと現れてキノコと白玉の木黒豆の

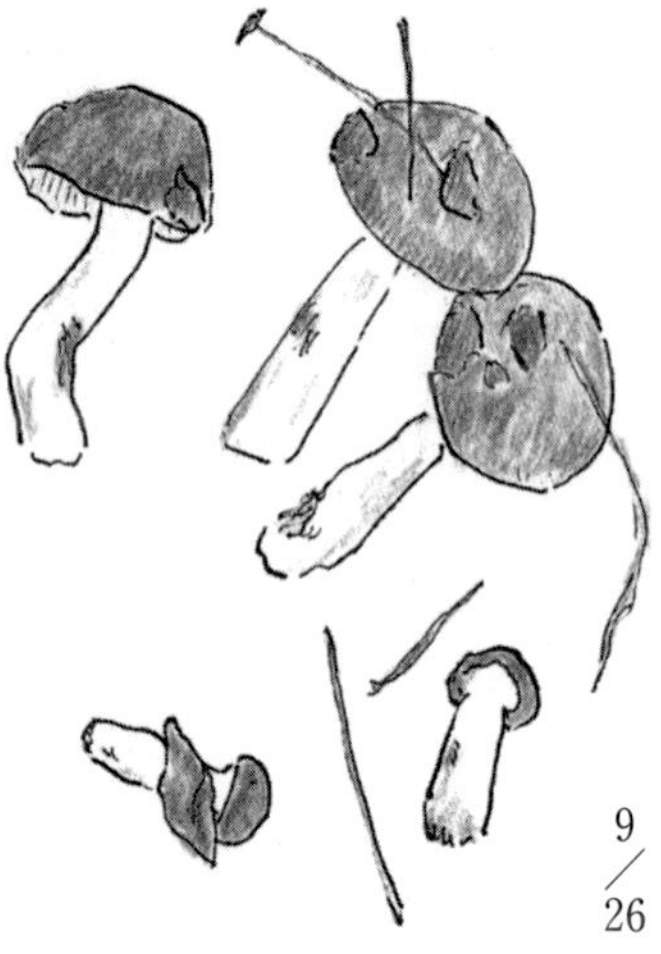

9／26

リコボウ

木などを山から採つて来てくれたので初たけをお宝湯に入れ小さな木や苔は鉢に植ゑてもらつた　明日あたり写生しようと思つてゐる

昨日は源君に昼めしも晩めしも御馳走した　昼は煮込のそばで彼は丼二杯も食つた　晩はこちらは玄米だから主食持参で来てもらつて細君が精進揚をつくつた　なかなかの御馳走だつた　彼も妻子を豊中へ帰しての一人暮しだから人恋しい模様

彼にお礼として「フイガロの結婚」と「コン・ファン・トウツテ」のレコードをあげることにした　但し実物を買ふのは彼に任せてその分のお金だけ

松葉やごみのいつぱいくつついたきのこ（地割とチヨコたけ）

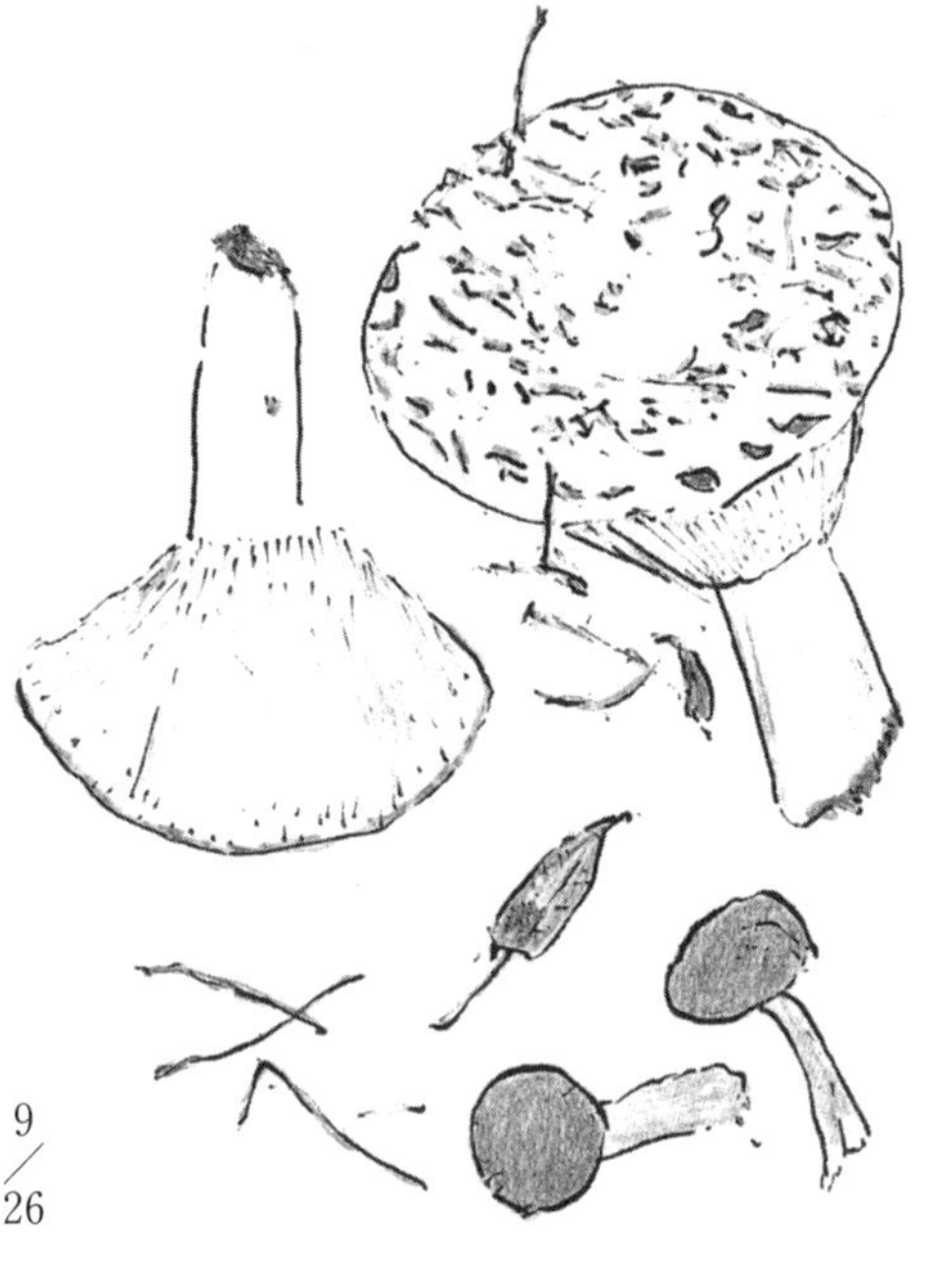

9／26

原卓也が今日東京に帰るといふので昼前に挨拶に来たこれも数日間ひとり暮しだつた　もう来ないさうだ
　午後になつて大木卓也君が現れた　汽車で来て日帰りとのこと　ほんの三十分くらゐしかゐなかつた　かねて頼んでおいたレコード（モツアルト喜遊曲集三枚）本、文房具などを持参　「夢みる少年」の初稿ゲラも置いて行つたから多少公用でもある　印税前払といふので頼みもしないのに小切手を渡してくれたのは有難かつた
　今年の夏は何やかやと物要りが多かつた　念のために並べてみると

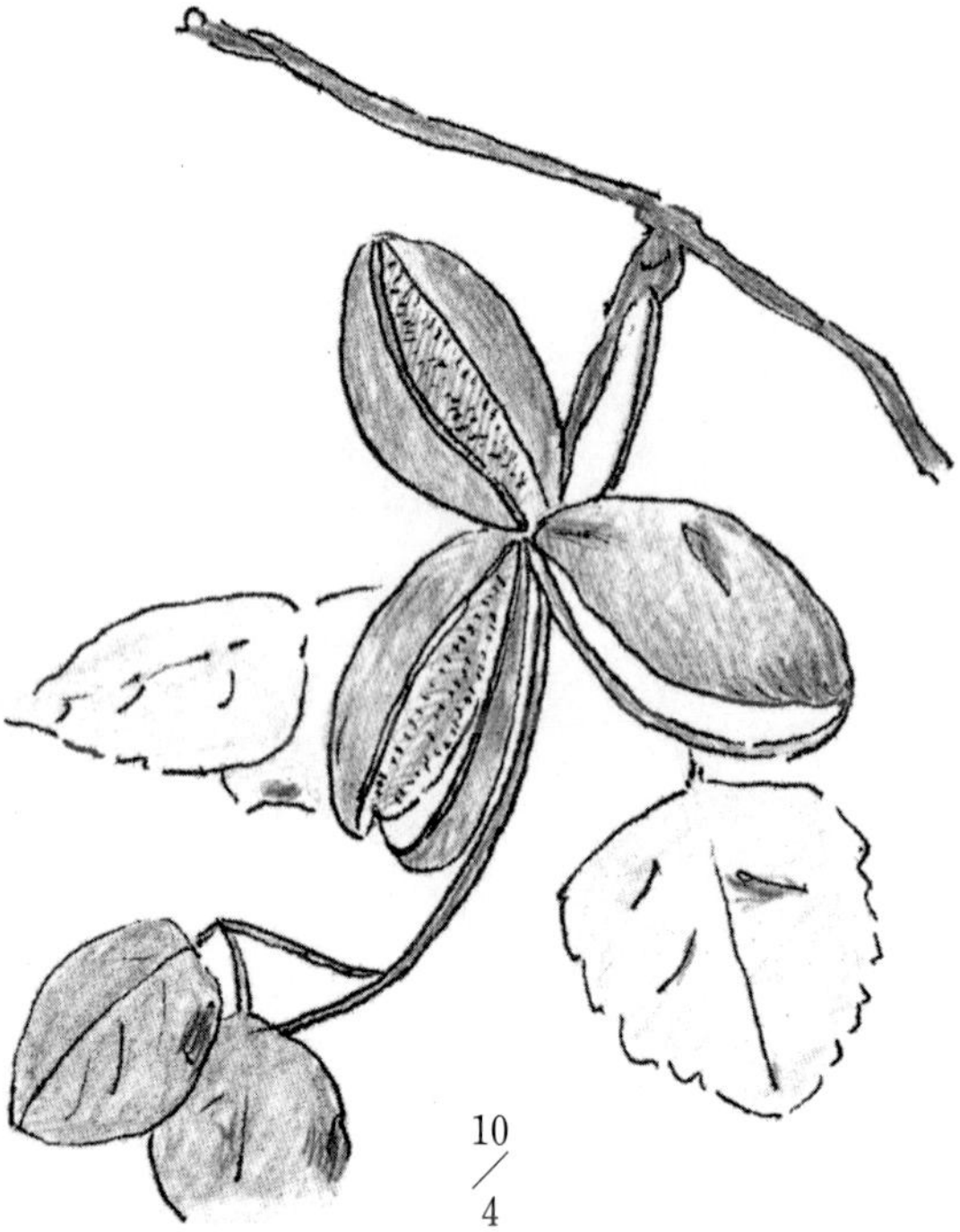

10／4

大工修理（雨漏り）七万
植木屋　十七万
土木工事（石段つくり）
二十五万
水道新設　二十八万
井戸掘り　八万
電気工事　六万
以上概算まだ払つてないのもある

先日細君が上田へ行つたときに料理屋が小井土先生にどうぞと言つてあけびを出したら先生はそれを僕へのお土産だと言つて細君に托した　日が経つて少ししなびて来た　我が家のあけび棚はさつぱりで実が殆どついてゐない　今年は不作か

昨日の午後ノルウェイのプレハブLarvikを扱つてゐる齋田さんといふ人が建築事務所の人たちと三人づれで来てくれて四時間ばかりゐた　僕は寝たまま聞いてゐたが細君が熱心に質問して話がだいぶ進行した　昨年の夏同じ追分の加藤周一の別荘がこのノルウェイ式で出来上りそれを見に行つて合理的なのに感心したが少し高いやうな気がしてゐた　今

年になつて我が家も雨漏りはするしいよいよ改築か新築かするべき時期となり細君にやあやあ言はれてゐたが近頃のやうに仕事も出来ないでゐると経済的に自信がなくて生返事をしてゐた　土地の大工さんにやらせるつもりでゐたところこのノルウェイ式のカタログでも取り寄せて研究する方がよささうだといふことになつてそれがカタログよりも係の人たちが実際に現れるといふことになつたものだ　加藤が追分にゐればもつと早く相談できてよかつたのだが何しろ彼等は四月から一年間ジュネーヴに行つてゐるので思ふに任せないところもあつた

相談の結果はなかなかうまく行つて十日にまた来るときに設計図や見積りを持つて来るさうだが今日になつて細君がいろいろ文句をつけ出したからどこまで運ぶか怪しいものだ　しかし彼女の御機嫌はこの改装案でぐつと好転したやうだ　当分の間はこれで夢中だらうと思ふ

10／7（土）午後五時

このところ急に秋めいて寒くなつた　昨日の六日は軽井沢の気温は七度一分で浅間山に初冠雪があつた　去年より一月も早いといふことだ　今日は一日曇つてゐて時折晴間もあ

つたが落ちつかないうそ寒い天気だつた　この先が思ひやられる
この前FMでシユーベルトの変ロ長調のピアノソナタ（遺作）をゼルキンの演奏で聞いたらひどく気に入った　幸ひカセツトに入れたので繰返し聞いてゐる
ドイツ語をやり直したいと思つて文法書を取り寄せた　何とか物にしたいものだが果して根気が続くかどうか　一高を出て浪人した年の夏に外語の夏休みの講習会でロシア語を覚えそれがうまく行つたので大学に入った年の夏休みに今度はドイツ語を習ひに行つたが気の散ることが沢山あつて物にならなかつた　今では記憶力が衰へてゐてとても昔のやうにはいかないし気の散ることも今の方がよつぽど多いだらう

10／15（日）夕七時

一週間ばかりこの小さな手帳に向ふことがなかつた　一つには次第に元気になつて来て寝たままでゐることが少くなつたから枕許の文箱の中に入れてあるこの手帳をつい忘れてしまつたためだ　それにスケツチブツクに水彩で絵を描けるやうになつたからこれに色鉛筆でスケツチすることもつい忘れがちになる
このところめつきり寒くなつて昨日あたりは零度近くまで気温が下つたらしい　寝室に

は一・五キロのネツカルを入れ居間の方にはむかし寝室で使つてゐたプロパンストーヴを移して部屋を暖めてゐるがせいぜい二〇度まで　この分ではやはり今月いつぱいしかゐられないだらう

昨晩は夜中に目が覚めて二時間以上も咳が出て眠られなかつた　珍しく夕食に堀夫人を招いてお喋りをしたせゐだらう　それにこの三日ばかり奈良屋の修君と実君とに薪つくりを頼んでゐるので昼の間も外に出てお喋りをしたためかもしれない　空気が（暖房のため）乾燥してゐるといふこともある　眠れないでゐると入院中の眩暈の記憶が甦つて睡気とは違つたふうに何かが揺れてゐるやうな不快な感じを伴ふ　それに暖房をつけてゐても隙間風があつてうそ寒く感じいつまでも目が冴えてゐた

ラルヴイツクの建築については齋田さんと建築事務所の山村さんの二人が十日の日にまた見えたので初めてズボンにスエーター姿で修君の車に乗つて加藤周一の山荘を見学に行つた　去年の経験だけでは少し不足の部分もあるのでカメラを片手につぶさに見せてもらつた　管理人の岸さんといふ人が案内してくれた　一時間ばかりの外出だつたがそれほどは疲れなかつた　帰つてから僕は寝てゐたが細君は彼等と油屋に夕食に出掛けそのあと八時頃まで二人で設計図を書いてゐて齋田さんはそれから汽車で東京へ帰つた　熱心にやつ

てくれるので有難い
しかしそれにしてはラルヴイックでは色々と難点が見つかつてそれに決めかねるところがあり迷つてゐる　その長所を採り入れながら在来の工法でやつた方がいいやうな気がして来た　経済の問題馬道（赤線）の問題　間取や通風の問題などむづかしい点が多い　しかし長所もあつて首を捻つてゐる
十三日（金）の夜小井圡先生が見えて診察してもらつた　前回の血液検査に異常がなくて好結果だつたとのこと　血圧は一六〇―九〇で少し高いがまづまづ　ところが細君の方は一七〇―一一〇でこつちは大いに注意を要することになつた　道理でこの間ヒスを起したと思つた　先生は血圧降下剤を服用した方がいいとの見立だが呑み出すと一生やめられないといふので細君の方は怖気をふるつてゐる　いづれ上田に行つてもつとよく検査してもらふことにし塩分だけは厳しく制限されることになつた　何しろ彼女は大塚先生に貰つた漢法薬さへ呑むのを忘れる位で自分のこととなると呑気で困る
病気といへば十日（火）の朝細君の弟の和男君の連合ひの君江さんが倒れて入院した旨の電話があつて以来眉をひそめてゐる　蜘蛛膜下出血で一時は昏睡したままで救急車でトヨスの厚生病院といふのに運ばれた　不断は健康な人だから和男君にしても二人の子供に

してもさぞびつくりしただらう　我々も以来毎日電話で容態を聞いてゐるが様子はまだ安心できるやうではない

この日記帳はいつのまにかここで終つたままになつた　それといふのも次第に元気になつて終日病床を暖めることがなくなつて従つて枕許のこの手帳を手に取ることもなくなつたためだらう　このあとメモ用紙の手帳（とも言へないもの）に時々刻々の記録をつける方に専念した　ついでにその記録をドイツ語を用ひることにし六十の手習でドイツ語のABCから自習を開始したのでこの手帳のことはすつかり忘れてしまつた　何より健康を回復したのがありがたい　この調子が長く続くことを願ひつつ

一九七八年十二月七日成城にて

注

1　玩艸亭　長野県北佐久郡軽井沢町追分五四六九。昭和29年、「故加藤道夫の山荘を譲り受け、この年より毎夏、信濃追分に避暑」（曾根博義編『福永武彦全集』「年譜」より）

2　山崎建材より花ちゃんの息子二人。後に登場する「奈良屋」「なら屋」「修君」「実君」に同じ。以下、山崎一家だけではなく、「亀田屋」「本陣」「土屋さん」など、地元の人々との交流が折に触れて描かれる。

3　じやコウ草　イブキジャコウソウか。「西部小学校の裏手の野原から移植したジヤコウソウが次第にふえて来た」（『玩艸亭百花譜　上』中央公論社、81年　以下、『百花譜』と略す）

4　亀田や（亀田屋）〈どの家も、今なお亀田屋、寿美屋、つがる屋、つた屋、若菜屋、つる屋と家号で呼ばれており〉（「信濃追分だより」『別れの歌』全集14巻。以下、全集巻数は丸数字⑭のように示す）

5　土屋さん　土屋滋子。〈山荘の西二軒目の隣人〉（『百花譜　上』）

6　シロ「ベッドから紐でぶら下げてあるしびんを「ポチ」と呼び、ついでに白い便器は「シ

ロ」と名づけて、まわりの者を楽しませてくれた」(「病の大家　福永武彦を看取って」福永貞子「婦人公論」80・7)
〈私は療養所での経験から、尿器に紐をつけて紐の端を敷布団の間にたぐり込み、必要に応じて引張り上げて用を足すことから、それにポチという名前があることを教えた。ついでに便器をシロということも教えた〉(『告別』)

7　西沢君　「戸倉の西沢君」(8／4ほか)注40を参照。

8　本陣　信濃追分本陣。当主は後出「本家である土屋先生」「土屋勝先生」(48頁)

9　大木君　大木卓也。昭和五十年当時は限定版専門(『独身者』『海からの聲』等)の出版社、槐書房の編集責任者であり、池田書店(槐書房の姉妹会社)の出版部長でもあった。郡司勝義と共に堀辰雄二十三回忌の配り本『我思古人』の出版事務を担当した。(参考「にほひ草」『秋風日記』福永武彦⑮)

10　上原君　「成城郵便局勤務の上原明徳君、新潟県高田に住む私(引用者注、貞子夫人)の級友の子息」(『百花譜　上』)

11　沼田博士の療法　沼田勇。医学博士。大仁医院院長。著書に「病は食から―『食養』日常食と治療食―」(農山漁村文化協会、03・10)など。

12　舌の検査　舌苔の検査か。「昨年（引用者注・昭和47年）の今頃、私は大出血をして病院に担ぎ込まれたが、今度はなかなか出血が止まらない。だんだん危ない瀬戸際に追いつめられたから大塚敬節先生にご相談申し上げて、大塚恭男先生に往診していただき、お薬をいただいた。さてそれを煎じて飲むと忽ち舌苔が取れて、一両日で出血もぴたりと止まったのには心から驚いた」（「私の健康法」『夢のように』⑭）

13　源君　源高根。福永研究家。『編年体・評伝福永武彦』等。大阪芸術大学教授。97年没。

14　堀夫人　小説家、堀辰雄未亡人。堀多恵子。福永夫妻に玩艸亭購入を薦めたという。この時期の証言として、注16の、小井土昭二医師との対談で次のように述べている。

〈先生がお通いになってくださってらした頃なんですけど、なかなか奥さんが会わせてくださらないんですよ。お花を持っていきましたらちょうど奥さんが病室に入っていらして、（略）今奥様は中へ入っていらっしゃいますからどうぞお入りになってくださいってお手伝いさんが言われて、入っていったのよ。そうしたら奥さんもおっぱらうわけには行かないから（略）〉（「カクテルトーク軽井沢色」『小井土昭二フォトエッセイ　信濃路文学散歩2』（信毎書籍出版センター、98年7月）

15　内野さん　「昭和42年より週一回ずつ頼んでいた我が家のよい助け人で、岩手生まれの淳朴な小母さん。」（『百花譜　中』）

16　上田の小井圡先生　小井圡昭二。現在も上田で小井圡内科医院を開院。編者らは08年3月29日、上田市へ小井圡昭二氏を訪ね、夫人の漢方療法偏重と翌年の胃切除に至る経緯を伺った。79年6月にも主治医を打診されたが8月を迎えてしまい、入院と手術の判断も氏と加藤周一が行い、胃切除の際は手術に立ち会ったとのことだった。

17　「内的独白」の校正　78年10月河出書房刊。本文によれば9／24に校正、9／4に後記、9／14に題簽を書いている。同9／5には装丁プランについて編集者と打ち合わせをしている。

18　随筆集「秋風日記」　78年10月新潮社刊。校正は9／19・20・21、後記は9／19に作業している。

19　東京は熱帯夜が二十七回　この年は記録的猛暑で、「熱帯夜は史上タイ」（8／9「朝日新聞」夕刊）翌10日夕刊では「マニラより〝南国東京〟熱帯夜、新記録の28回」などと取り上げられている。

20　ペルシヤ古陶の文様　出所不明。『百花譜』の中扉イラストと同じ意匠。

21　TVで高校野球ばかり見る　全国高校野球第60回記念大会。この年は横浜高校に愛甲猛投手がいて、話題になっていた。愛甲は12日登板。14日はベスト16が出そろい、いわゆる盛り上がるカード。
22　盆踊り　玩草亭から東北東へ約400m離れた浅間神社で8月13日から16日まで行われる。（参考「高原秋色」『別れの歌』⑭）
23　郡司勝義君　「文芸春秋社の郡司勝義氏」（『百花譜　下』）「『独身者』後記」「にほひ草」（『秋風日記』⑭）では、〈私の若い友人の一人〉〈槐書房の大木卓也君と、大木君の相談相手である郡司勝義君〉と登場する。07年3月没
24　繭山龍泉堂のカタログ「龍泉集芳」　東京都中央区京橋2-5-9の古美術商。『龍泉集芳1』『龍泉集芳2』（繭山順吉編、76）は七十周年を記念して、それまで扱った名品を収録した豪華本で、現在でも蒐集家たちのバイブルとして広く愛用されている（繭山龍泉堂ホームページ http://www.mayuyama.jp/）
25　豊崎光一君　フランス文学者。学習院大学教授。福永門下のボードレール研究者として著名。
26　一篇の布曲を案ずる「篇」は判読不能である。読み下ろしの便宜のためにひとまず篇と置いた。
27　原卓也　〈ロシア文学者で私（引用者註。貞子夫人）の妹の主人。玩艸亭のすぐ近くに別荘がある。〉（『百花譜　下』）

28　井出牧師夫妻　井出定治氏は朝顔教会牧師で、77年10月、福永に洗礼をした。

29　草地試験所　草地（そうち）試験場山地支場、現在の独立行政法人農業・食品産業技術総合研究機構畜産草地研究所草地研究支援センター御代田研究拠点。浅間南麓の斜面に牛が放牧され、傾斜地の有効利用を目的とした研究が行われている。8月末に一般公開（講演会、牛肉試食等）されており、常時見学も可能。〈草地試験所＝追分第二林道を小諸方面に車で二十分ほど行った右手にある〉（『百花譜　上』）

30　トップ十八　玩艸亭から南に国道18号を渡った辺りにあったレストラン。

31　佐藤よし子　〈山荘の元管理人佐藤功さんの奥さん〉（『百花譜　上』）

32　この問題　未詳。このあと数行分はきれいに切り取られている。

33　野沢温泉　信濃追分駅から小諸駅または長野駅乗り換えで戸狩野沢温泉駅経由で三時間半程。〈野沢温泉住吉屋＝書肆科野の桜井さんと西沢さんに案内されて初めて泊まった宿屋だが、落ち着いたたたずまいとゆき届いた応対に、私たちの御贔屓の宿となった〉（『百花譜　中』）

34　麦書房の堀内君　堀内達夫。『菜穂子創作ノオト』の複刻本は78年8月麦書房刊。できたばかりの本が届けられたのである。「福永武彦詩集」66年刊の出版社でもある。

35　おやき　小麦粉の皮で野沢菜などの具を包み、蒸したり焼いたりして作る信州の郷土料理。

〈いつも3時頃になると先生が2階から下りていらして、お茶になるんです。その時おやつによく出たのがおやきですね「文豪たちのおやつ　福永武彦　おやき」（照木建氏談話）（「サライ」94年第13号）

36　森田和紙　㈱森田和紙。京都市下京区東洞院通仏光寺上ル扇酒屋町298番地。

37　新潮社の徳田君　徳田義昭。「秋風日記」の後記に謝辞有。

38　大塚医院　注12参照

39　浜口陽三　版画家。東京都中央区日本橋蠣殻町に美術館がある。「秋風日記」装幀は葡萄のモチーフ。

40　西沢・桜井君　書肆科野（『百花譜　中』）『櫟の木に寄せて』や『小布施　木村茂銅版画集』（文：福永武彦）の出版社。

41　和男君　岩松和男。福永貞子の実弟。築地で仲卸業を営む。

42　加賀乙彦　小説家。代表作に「宣告」など。

43　藤野邦康　新潮社の編集者。（⑨序）

44　平岡昇　フランス文学者。当時は早稲田大学教授。85年没。

跋

『病中日録』本体はB7（91×128㎜）コクヨ社製のメモ帳表紙を化粧紙で装丁したもので、以下のような分量である。

「一」タイトル・本文43枚・絵（ペン・水彩）17葉　78年7月17日～8月27日
「二」タイトル・本文44枚・絵（ペン・水彩）10葉　8月28日～9月17日
「三」タイトル・本文32枚・絵（ペン・水彩）9葉　9月18日～10月15日
（後書き12月7日）

『病中日録』はこれまでにいくつかの文献でその存在が散見されてきた。『福永武彦全集』の販促パンフレットに9月22日「小さなカーネーション」の図版が写真製版で紹介されているほか、『福永武彦全集　月報1』第14巻附録には加賀乙彦著「追分の福永さん」の頁に、「昭和53年　病中日録より」として、9月19日の「細君が追分の庭から剪って来たツリバナ」が掲載されている。加賀氏の文章の方は『百花譜』には触れているものの、『病中日録』への言及はない。

そうした、名前のみ知られている『病中日録』の原本が二〇〇七年七月、明治古典会主催の七夕古書市に出品され、それを編者の一人が落札し、私蔵するより翻刻して、広く福永武彦愛読家に情報を供するべきと考え、他の編者の協力を仰いで刊行することにしたのが本書である。

書かれた時期は、『玩草亭百花譜　下』に収録された「信濃追分　草花帳」の期間（78年6月15日～10月13日）に収まっている。「草花帳」のように、写生と同定を主としたものは体力的に無理であったようで、日録として別の意図を持って作成されたと思われる。植物については以前も描いたものや、昆虫や文様の模写など「描きやすい」素材を選び、横になったままでも描ける筆記具が選ばれている。

いわば『百花譜』外伝として、病床にあっても福永がスケッチにどれほど意欲的に取り組み、愉しんでいたかを知る資料として貴重なものであろう。

本書の翻刻及び編集に原善氏のご協力を頂いた。出版には鼎書房の加曾利達孝氏にご尽力頂いた。また、注16の小井土昭二氏には、ご自宅を訪問の上長時間にわたるインタビューに快くお応え頂いた。みなさんに感謝申し上げます。

二〇〇九年八月

編者一同

福永武彦　病中日録

発行日　二〇一〇年三月二〇日　初版発行
編　者　鈴木和子・濱崎昌弘・星野久美子
発行者　加曽利達孝
発行所　鼎　書　房
〒132-0031　東京都江戸川区松島二-一七-二
TEL・FAX　〇三-三六五四-一〇六四
印刷所　太平印刷社
製本所　エイワ

ISBN978-4-907846-68-8　C0095